Les Sept Petites Orphelines du Pays de Galles

LES

SEPT PETITES ORPHELINES

DU PAYS DE GALLES

Argenteuil. — Imprimerie WORMS.

LES SEPT

PETITES ORPHELINES

DU

PAYS DE GALLES

PARIS

CONTE-ATXEM, A LA LIBRAIRIE DE L'ENFANCE

4, RUE GÎT-LE-CŒUR, 4.

1862

LES SEPT

PETITES ORPHELINES

DU

PAYS DE GALLES

Sur les hautes montagnes du pays de Galles vivait jadis un honnête fermier, appelé François Furrow. Sa femme, l'une des plus estimées de ces contrées, par ses nombreuses qualités, donna à son mari sept charmantes filles, qui toutes profitèrent du bon exemple offert par leurs père et mère ; elles se conduisirent toujours avec soumission sous le toît paternel, et avec modestie au dehors. Elles avaient puisé le peu d'instruction qu'elles possédaient dans une école de village, et une petite éducation dans les conseils et exemples de leur bonne mère elle–

même, qui avait été très-bien élevée. Elles mettaient à profit ce temps précieux pour l'instruction, temps que d'autres enfants consomment dans l'oisiveté, aussi non-seulement faisaient-elles de grands progrès dans leurs études, mais encore se rendaient-elles utiles dans le ménage autant qu'elles faisaient des progrès dans leurs petites études. Sophie, il est vrai, paraissait avoir plus d'ambition que ses sœurs; enfant, elle regardait déjà les robes brillantes et les belles choses comme nécessaires au bonheur. Mais madame Furrow, leur tendre mère, réprimait ces folles idées; elle lui faisait observer toutes les fois que l'occasion s'en présentait, combien de beaux habits, une belle parure, cachaient des chagrins, des regrets, des remords, et que les femmes à qui son inexpérience portait envie, étaient loin d'être heureuses, dévorées toujours par de nouveaux désirs de vanité surtout, qu'elles ne pouvaient satisfaire.

Bientôt, hélas! la modeste habitation où cette heureuse famille avait vécu si longtemps au sein de la paix, devait être témoin d'une horrible catastrophe; ainsi le voulut la Providence.

Quoique protégée contre les rayons du soleil,

en été, et contre les avalanches de neige, en hiver, par le sommet d'un roc, qui s'avançait sur elle en forme de voûte, l'habitation fut tout à coup emportée.

Voici comment : un vent violent, soufflé pendant trois jours consécutifs, ravagea les arbres qui couvraient le sommet de cet énorme roc, en déracina plusieurs, en ébranla d'autres, en rompit aussi, même par le milieu du tronc, et fut suivi d'une pluie torrentielle qui se prolongea pendant plusieurs jours encore, l'action de l'eau, suivant de si près l'ébranlement causé par le vent sur cette masse de rocher, mina sourdement, ramollit la terre qui lie les blocs entr'eux et celui qui formait le point culminant, glissant sur de la terre molle, se détache du rocher énorme qui le supportait, roule, avec fracas, sur la pente de la montagne, brise, écrase, détruit tout ce qui se trouve sur son passage, rencontre la cabane du pauvre monsieur Furrow, la renverse de fond en comble et ne s'arrête dans sa course destructive qu'après avoir anéanti plusieurs autres demeures.

En ce moment suprême, madame Furrow était seule au logis, son mari était absent et tous ses enfants se trouvaient à l'école. Le bruit de cet affreux éboulement alarma les habitants des chaumières voisines qu'il avait respectées; aussitôt ils accoururent, armés de bêches, de pioches, de tous les instruments enfin susceptibles de leur faciliter le déblayage des décombres, et sauver la vie, non-seulement à l'épouse du fermier Furrow, mais aussi à tant d'autres infortunés.

Quant à nous, nous ne nous occuperons que de la malheureuse famille du fermier.

Après mille efforts répétés, ils trouvèrent la pauvre femme... dans quel état, grands dieux ! écrasée, entièrement écrasée et ne présentant plus qu'un amas de chairs meurtries... quel spectacle affreux ! que de larmes il arracha !

Avec précaution l'on parvint à dégager la victime que l'on plaça sur un brancard et transporta chez M. le curé.

Monsieur François Furrow, avons-nous dit, était absent lors de cette cruelle catastrophe. Il était parti depuis quelques heures pour la ville, d'où il ne devait revenir que deux jours après; mais une vague inquiétude, une oppression, un malaise dans le cœur dont il ne pouvait trouver la cause, affectait son esprit et portait sans cesse sa pensée sur sa famille qu'il voyait par l'imagination en proie à toutes sortes de malheurs. Il avait affaire chez plusieurs personnes, et il était avec un docteur en médecine d'un grand talent, qui jugea, à la préoccupation dont François était absorbé, qu'il fallait détruire les pensées noires qui l'étreignaient ; il l'encouragea, traita d'absurde ces pressentiments. François voulut rentrer chez lui, même avant la fin de la première journée Le médecin partit avec lui bien qu'il eût à faire dans la contrée.

Le docteur avait beau lui dire de ne pas se préoccuper l'esprit de vaines chimères, rien ne put ramener le calme dans l'âme de l'honnête fermier. Une fois arrivé à l'autre versant de la montagne, à l'endroit même où il avait coutume de promener au loin ses regards et de contempler avec délices sa petite habitation, François crut que ses yeux se voilaient de nuages ; il chancela, et s'appuyant sur le bras du docteur incrédule, il lui montra les ruines sous lesquelles sa maison et son jardin semblaient ensevelis. Le docteur reconnut, en effet, que le roc s'était écroulé, et comme il n'avait pu que confirmer les terreurs affreuses de son ami François, il s'efforça de le consoler, lui disant que tous ses enfants étaient sans doute à l'école, et que probablement sa femme elle-même avait prévu à temps cette catastrophe pour s'y soustraire.

Furrow écoutait sans répondre un seul mot; le docteur et lui poursuivirent leur chemin. Au pied de la montagne, ils rencontrèrent quelques unes des personnes qui venaient chercher Furrow, elles s'avancèrent tout à coup. Cependant tout en paraissant très-empressés de parler, ceux-ci se regardaient entre eux, les larmes aux yeux, d'un air qui semblait dire : « Comment pourrons-nous raconter cet affreux événement en présence de M. François! » Quelques-uns d'entre eux lièrent donc conversation avec ce dernier, tandis que les autres apprirent toute l'horrible vérité au docteur.

François demanda avec anxiété s'il était arrivé quelque malheur; mais, sur un signe du docteur, chacun lui assura qu'il n'y avait point de mal, à l'exception d'un peu de terre qui avait endommagé un coin de sa chaumière. « Dieu en soit béni! reprit M. Furrow en joignant les mains. »

On était arrivé, en ce moment, à l'angle du mur qui entourait le cimetière, lorsque au détour de ce mur on rencontre inopinément le brancard qui portait l'infortunée madame Furrow. Les porteurs se dirigeaient lentement vers la demeure de l'ecclésiastique, dont ils venaient invoquer le saint ministère pour cette malheureuse dame. « Oh ! mon Dieu, l'on m'avait trompé. » Telles furent les seules paroles que put prononcer ce pauvre mari à l'aspect de sa femme pâle et mourante ; et il tomba à terre sans connaissance.

Dans sa chute, il se heurta contre une pierre aiguë, et le sang coula en abondance de sa blessure ; son évanouissement fut de longue durée ; le docteur le rendit enfin à la vie. Mais quel spectacle ce fut pour ce pauvre père, en rouvrant les yeux, que de se voir entouré de ses sept filles qui s'efforçaient à l'envi de le ranimer, qui fondaient en larmes et le suppliaient, avec l'accent de l'innocence, de ne pas mourir pour les laisser sans père ni mère. Avant qu'il put reprendre l'usage de ses sens, on avait eu soin d'éloigner le corps de sa pauvre femme ; mais sa douleur ne céda ni aux instances du docteur, ni aux empressements de ses enfants. Comme un homme désespéré, il disait tantôt vouloir être enterré dans le même tombeau qu'elle ; tantôt vouloir entretenir le gazon de sa tombe jusqu'à ce que les montagnes le couvrissent lui-même, et que les fleurs cessassent d'y croître.

Tandis que l'on avait conduit le corps de madame Furrow chez le ministre, où il devenait plus commode de procéder à l'enterrement, François fut entraîné chez le docteur : déjà il semblait être assez remis pour s'entretenir de son malheur, du délaissement de sa jeune famille, lorsqu'un des assistants eut l'imprudence de parler de l'angoisse avec laquelle sa femme avait invoqué son nom, s'était plaint qu'il fût sorti ce jour-là contre sa volonté, ajoutant qu'il lui faudrait donc ainsi mourir sans le voir. C'était là une pensée trop poignante pour le pauvre homme : son cœur n'y résista pas. Il prit dès lors le docteur en aversion : il le regardait, en effet, comme l'auteur de tous ses maux, puisqu'il s'était opposé à ce que madame Furrow vînt avec eux.

La tête était frappée, et rien ne put désormais l'engager à demeurer plus longtemps chez cet excellent docteur que l'assurance qui lui fut donnée que sa femme serait ensevelie sur le versant de la montagne, près d'une riche pelouse émaillée de fleurs, et sous l'ombrage de quelques ifs. Comme le pauvre Furrow paraissait se complaire beaucoup à ces idées, on n'avait garde de le contredire sur une pensée dont l'exécution était impossible, à cause de l'escarpement de la montagne. On le laissa donc aller, le soir, se reposer avec ses enfants ; épuisées de pleurs et de fatigues, celles-ci tombèrent bientôt dans le plus profond sommeil. L'infortuné père ne s'en fut pas plutôt aperçu, qu'il descendit par la croisée, grimpa dans l'obscurité sur le mur du jardin et s'avança vers le penchant de la montagne.

Le lendemain matin, rien ne put égaler la consternation du bon docteur, lorsqu'il apprit l'évasion de son pauvre ami : il lui était impossible d'imaginer ce qu'il était devenu. Le jour suivant, après mille recherches infructueuses, on le découvrit enfin au lieu qu'il avait désigné lui-même, occupé à creuser la terre avec des efforts inouïs. C'était un endroit singulièrement dangereux, où le moindre faux pas pouvait le précipiter dans un abîme affreux. Mais alors quel parti prendre : le forcer à quitter la place, c'était exposer gratuitement sa vie. Le bon docteur pensa que l'aspect de ses sept filles produirait le plus salutaire effet sur lui. En conséquence, il leur donna donc l'ordre de s'offrir à la vue de leur père le plus près possible, et de lui faire signe de les suivre. C'était un spectacle bien attendrissant que celui de ces sept innocentes créatures gravissant des lieux escarpés pour ramener, avec leurs petits bras, un père menacé alors du plus grand fléau qui puisse atteindre l'espèce humaine : la perte de la raison.

Anna se mit à leur tête, comme étant l'aînée ; tantôt elle aidait la plus faible à monter, tantôt elles grimpaient deux à deux ; puis quand le sentier devenait trop étroit, elles n'allaient plus qu'une à une, ne pouvant faire autrement. Dès qu'elles furent assez près de leur père pour s'en faire entendre, elles lui demandèrent ce qu'il faisait là. Le pauvre homme les reconnut, et leur répondit qu'il creusait une maison pour leur mère, qui ne s'écroulerait plus, et durerait pendant toute leur vie. Les enfants furent bien effrayés d'entendre leur père parler ainsi ; elles voulurent se retirer ; mais Anna leur dit : « Attendons, il se laissera peut-être persuader ; si nous pouvions seulement le suivre, il ne nous ferait pas de mal. Et qui sait s'il ne cèderait pas à sa tendresse et ne nous permettrait pas de demeurer avec lui comme nous avons toujours fait? »

Toutes les autres sœurs, Lucy, Mathilde, Caroline, Sophie, Betzy, Rose, se rangèrent à cet avis ; elles se mirent en devoir de se rapprocher toujours de plus en plus de leur père, mais celui-ci ne prit pas le chemin qui reconduisait au bas de la montagne ; il dirigea, au contraire, sa course vers les labyrinthes qui aboutissaient à son sommet ; et là, partout, des arbres épais, d'immenses crevasses, de larges fondrières coupaient le sol et rendaient chaque pas fort pénible pour nos pauvres petites voyageuses. Elles avaient les pieds écorchés, les mains déchirées par les ronces, les vêtements en lambeaux ; et quelque vitesse qu'elles missent à courir, elles ne pouvaient parvenir à atteindre leur père. En vain lui crièrent-elles de s'arrêter, il se retournait seulement pour les regarder et leur faire de nouveau signe de ne plus le suivre ; après quoi il reprenait sa course comme de plus belle. Bref, elles le suivirent ainsi pendant plus de deux heures, jusqu'à ce qu'enfin elles ne le vissent plus qu'à une distance considérable et pas plus gros qu'un oiseau sautant de rocher en rocher.

Sur ces entrefaites le jour avait baissé : Betzy et Rose, les sœurs cadettes, se mirent à se lamenter en disant qu'elles ne pouvaient aller plus loin. Leur pauvre père avait pour lors tout à fait disparu à leurs yeux ; il était perdu pour elles, pour lui-même : il n'était occupé que de l'idée d'aller au-devant de sa femme au ciel, et de la ramener sous la forme d'un ange.

En ne le voyant plus, tout espoir s'éteignit dans le cœur des sept sœurs ; alors elles ne s'aperçurent que trop qu'en voulant suivre ses traces, elles avaient perdu leur propre chemin pour retourner sur leurs pas à travers les montagnes ; elles ne s'étaient pas avisées, comme *Petit Poucet*, de semer des cailloux pour reconnaître leur route. Mais insensiblement la nuit était venue, la lune commençait à briller ; les ombres des grands arbres les effrayaient ; elles croyaient voir autant de géants noirs marcher sur les rochers, alors qu'ils étaient agités par le vent ; les cris funèbres des oiseaux de nuit, mêlés aux hurlements des loups, les faisaient surtout tressaillir de peur. Elles croyaient voir de loin, de temps en temps, les yeux terribles de ces animaux féroces et entendre le bruit de leurs pas à travers les buissons : elles se mirent donc à pousser des cris lamentables ; les faibles s'attachaient aux plus fortes, et, quand elles leur entendaient parler de route nouvelle à se frayer, oh ! alors elles les suppliaient à mains jointes de ne pas les abandonner : elles chancelaient et tombaient souvent deux ou trois l'une sur l'autre. Quelquefois même il leur semblait qu'on les tirât en arrière par leurs vêtements : c'étaient les ronces et les buissons.

Le désespoir de ces pauvres enfants venait de se faire jour enfin à travers les sanglots les plus amers, lorsqu'un cliquetis de chaînes, qui fit résonner tous les échos des montagnes, vint soudain frapper leurs oreilles. Vous les eussiez vues, poussées par la terreur, se jeter éperdues dans les bras l'une de l'autre ; mais Sophie, au contraire, fit un saut de joie et dit : « Dans notre solitude, voyez, mes sœurs, nous ne sommes pas encore abandonnées ; Dieu, qui a créé l'obscurité de cette forêt, nous fera trouver le chemin pour en sortir, si nous nous confions à lui. — Oui, reprit Anna, c'est l'obscurité de notre âme qui nous fait manquer de confiance. Nous n'avons plus ni père ni mère ; mais combien de fois n'avons-nous pas lu que Dieu tient lieu de l'un et de l'autre aux enfants abandonnés. — Voyons, reprit Lucy, dirigeons-nous vers ce bruit ; un son ne peut nous faire de mal : qui sait si ce n'est pas un signal pour guider nos pas égarés. Je crois voir une lumière briller à une croisée là-haut, à droite... Ah ! elle a disparu. »

Et tous leurs petits cous s'avancèrent pour voir ; mais Rose, la plus jeune d'entre elles, fut saisie d'effroi en pensant que ce pouvait bien être ce *cruel château* dont parlaient beaucoup les voyageurs, et qui était habité par une effroyable vieille dame, appelée la fée Terrible. Cette idée les frappa toutes d'épouvante : ce qui ne les empêcha toutefois pas de s'acheminer lentement vers les tours ruinées de l'édifice qu'elles avaient aperçu. Elles lurent au-dessus de la grande entrée ces mots en caractères transparents : *Voici le Cruel Château Que les bons et les infortunés y entrent : les méchants seront punis.*

Un grand fossé entourait le bâtiment et le pont-levis était baissé. Les conditions sous lesquelles nos sept sœurs devaient entrer les remplirent de terreurs ; mais elles furent encouragées par Caroline, qui leur rappela qu'elles étaient réellement bien infortunées, qu'elles avaient toujours obéi aux auteurs de leurs jours, et qu'enfin, si le château appartenait à la fée Terrible, elle ne les désapprouverait pas d'y avoir cherché un asile, après s'être égarées sur les traces de leur pauvre père. « Peut-être, d'ailleurs, ajouta-t-elle, y trouverons-nous de ses nouvelles, et alors ne sera-ce pas là une récompense bien douce pour toutes les alarmes que nous avons éprouvées ?... Allons, allons, suivez-moi, mes sœurs. » En disant ces mots, elle se mit à leur tête pour traverser le pont-levis. Elles ne l'eurent pas plutôt franchi qu'il se releva avec un fracas épouvantable. Mais bientôt reprenant courage, elles se mirent à parcourir des yeux l'édifice antique dont elles approchaient. Des arceaux, grillés de fer, laissaient apercevoir des demeures souterraines, et, en deux ou trois endroits, une lampe suspendue par des chaînes, se balançait en l'air, et projetait sa lumière sur des voûtes encore plus profondes. En prêtant l'oreille, il leur parut que des gémissements lointains partaient des corridors : « Ah ! c'est certainement là le château de la vieille fée, dit Sophie ; que ne suis-je encore au-delà du pont ! » Ce vœu, toutes les sept le répétèrent. Mais elles n'eurent guère le temps d'en dire davantage, vu l'apparition de la fée Terrible elle-même, qui s'avança d'un pas chancelant, appuyée sur deux crossettes : elle était couverte d'une vieille robe en lambeaux ; elle avait, pendus à sa ceinture, des tenailles, des bâillons et des cordes de laiton. Sa figure hideuse était en partie masquée par un bonnet, qui s'élevait par devant en pain de sucre. Nos petites filles auraient voulu être bien loin, car elles avaient alors autrement peur que dans la forêt au milieu des loups et de l'obscurité ; mais il était trop tard. La fée leur fit signe de la suivre, ce que firent les pauvres petites, serrées l'une contre l'autre et tremblant comme la feuille.

La fée Terrible les conduisit dans une petite chambre, et leur demanda la cause de leur entrée dans le château. Anna, comme l'aînée, prlt la parole, et raconta en détail tout ce qui leur était arrivé. Ce récit fut confirmé par toutes ses sœurs. « Eh bien, dit la fée Terrible, rendez-vous toutes à la cuisine, où ce domestique va vous conduire ; il vous fera voir ensuite vos lits dans la *Chambre verte.* Ne vous effrayez pas du bruit que vous pourriez entendre la nuit ; ici les bons n'ont rien à craindre. » Puis la fée proposa de les embrasser ; mais son affreuse barbe et son nez de perroquet répugnait fort nos petites filles ; toutefois s'exécutèrent-elles d'assez bonne grâce.

Elles trouvèrent à la cuisine sept bols de bon lait et sept gâteaux : chacune le sien. On les conduisit ensuite dans une chambre qui contenait sept lits. Rien ne troubla leur sommeil, et, le lendemain matin, elles se levèrent très-bien portantes.

Après le déjeûner, la fée les mena à la *Chambre noire*, où nombre d'enfants étaient enchaînés à de grosses colonnes de fer, obligés de mouvoir de lourds fardeaux, ou sinon de recevoir des coups de longues fourchettes de fer qui descendaient du plafond, la pointe en avant. « On retient ces enfants ici pour leur bien, dit la fée; ils y ont été conduits à leur insu, et on les remmènera de la même manière, dès qu'ils seront corrigés de leurs défauts. Mais, mes chères petites filles, détournons les yeux des peines qu'on inflige aux méchants, et entrons dans la *Chambre blanche.* » Après avoir traversé le château, on arriva à un beau salon, orné de peintures, de tapisseries, de fleurs artificielles. On y voyait des instruments de musique, des livres, des dessins et d'autres objets de distractions.

Dès que la fée Terrible entra, sept personnes différentes, qui occupaient ce salon, la saluèrent, vinrent au-devant d'elle; puis, prenant chacune des petites filles par la main, elles leur souhaitèrent la bienvenue dans le Cruel château.

« Voici, dit alors la fée, sept de mes favoris, bons naturellement, ou rendus tels par leur bon sens. Mes enfants, ressemblez-leur, et cet asile sera le vôtre, après que vous aurez passé une année dans le monde à chercher votre père et à subvenir à vos besoins. Demain, premier jour de l'an, vous quitterez ce château, et vous promettrez toutes de vous retrouver ensemble ici, dans une année, à pareil jour. Je saurai bien si le récit que vous me ferez alors sera vrai ou faux. Vous jurez d'être toujours sages ? — Oui, répondirent les sept filles. — Dans ce cas, je vous servirai, à toutes, de mère. »

Anna remercia la fée au nom de toutes ses sœurs ; les sept enfants se retirèrent pour se reposer et prier Dieu de leur donner la force d'accomplir la tâche qui leur était imposée. Le lendemain, elles déjeunèrent avec la fée, dont la figure leur parut moins terrible que la veille, et qui leur donna les meilleures instructions pour leur servir de règle de conduite, ainsi qu'une couronne (valeur de 6 fr. 50 c.) à chacune. Un domestique les conduisit hors du château vers un rond-point où sept chemins venaient aboutir ; et quand l'horloge du château sonna midi, après s'être embrassées bien tendrement toutes les sept, les unes après les autres, elles se séparèrent, et prirent chacune le chemin qui s'ouvrait devant elles pour aller tenter fortune et chercher leur pauvre père.

HISTOIRE D'ANNA

Anna ayant pris un congé affectueux de Lucy, de Mathilde, de Caroline, de Sophie, de Betzy et de Rose, et les ayant toutes embrassées à la ronde, partit donc de son côté, comme nous l'avons vu, le cœur tout navré. Elle demanda d'abord à la porte de chaque maison, comme à tous les passants, si l'on n'avait pas vu passer son père et elle en donnait le signalement. A la fin, quelques enfants lui apprirent qu'ils avaient rencontré dans un sentier, à deux milles de là, un pauvre homme qui, d'après l'air égaré dont il les accosta, ne paraissait pas jouir de toute sa raison.

Anna n'hésita pas, bien que la nuit s'avançât,

à prendre la direction que lui avaient indiquée ces méchants petits garnements; mais ils ne la virent pas plutôt hors de la portée de la voix, qu'ils se mirent à rire comme des fous de l'excellent tour qu'ils venaient, se disaient-ils, de jouer à la pauvre fille.

Cependant l'espoir de retrouver son pauvre père soutint le courage d'Anna ; il ne commença à défaillir que lorsqu'elle eût parcouru plus de quatre milles dans des chemins de traverse et qu'elle se fût enfin tout-à-fait égarée.

« En cherchant mon père, se disait-elle, je me suis perdue; mais si j'avais eu le bonheur de le rencontrer, combien n'aurais-je pas été dédommagée de toutes mes peines! »

Anna faisait ces réflexions et bien d'autres plus tristes encore, lorsqu'elle jetta les yeux vers une chaumière qu'à la lueur d'un flambeau, qu'on avait placé sur la fenêtre, elle jugeait être à une distance considerable. Il se faisait tard; la nuit était venue insensiblement, et avait couvert tous les objets de ses ombres.

Elle s'assit sur un chêne abattu pour s'y reposer, lorsqu'un bruit de pas et de voix humaines attira vivement son attention. Deux hommes s'avancèrent. Après avoir placé deux lourdes malles près de l'arbre au pied duquel Anna venait de s'asseoir et avoir tiré de leur poche une boîte à briquet, ils allumèrent bientôt une lanterne sourde, et se mirent en devoir d'examiner ce que contenaient ces malles. Anna s'était, dès le commencement de cette subite apparition, glissée furtivement derrière un buisson, à une petite distance : elle était toute tremblante de frayeur.

« Si quelqu'un avait suivi nos traces et nous espionnait en ce moment ? dit alors l'un de ces hommes. — Eh bien ! nous le tuerions sans plus de cérémonie, répondit l'autre en tirant de dessous son habit un gros pistolet qu'il plaça près de lui ; voilà tout ce que j'y vois. — Mais es-tu bien sûr d'avoir tué le postillon, Thomas ? reprit le premier de ces brigands. Parbleu ! si j'en suis sûr, interrompit brusquement l'autre ; j'ai laissé le vieux, pieds et poings liés, criant miséricorde, et me demandant en grâce de lui laisser une paire de bracelets appartenant à sa fille, et sa montre dans laquelle était son portrait. A ces deux bijoux près, il nous permettait de faire main-basse sur tout le reste. Il était passablement original, le vieux : aussi je lui imposai bientôt silence d'un coup de mon sabre, et il n'en fut plus question.

— Si Berthe ne vient pas promptement avec la clef, reprit Jacques, le premier interlocuteur, nous ne pourrons pas rentrer dans la cabane. Qui est-ce qui la retient, cette vieille folle ? elle devait nous joindre ici... Allons, en attendant, examinons un peu notre butin. »

Les deux brigands coupèrent alors les cordes des malles, et en tirèrent une grande quantité de hardes, d'effets précieux, notamment la montre et les bracelets auxquels le vieux monsieur attachait tant de prix.

« Oh ! oh ! voilà là-dedans bien des choses pour Berthe, dit Jacques, si elle continue à être active, vigilante, et à nous dépister, selon sa coutume, les voyageurs qui passent sur les bords de la montagne..... Quant à ceci, c'est pour nous : cinquante guinées dans cette bourse, puis des bijoux...

— Auras-tu bientôt fini avec tous tes commentaires, reprit Thomas ; moi, je ne vois qu'une chose, c'est que Berthe ne vient pas, et que nous sommes ici fort mal, à la belle étoile, pour faire un pareil inventaire. »

En ce moment, un hibou, qui vint à s'envoler du buisson où se trouvait Anna, interrompit les voleurs. Ils se saisirent de leurs pistolets et les tournèrent si directement vers le lieu où se trouvait cachée la pauvre petite, qu'elle poussa un cri d'effroi et tomba sans connaissance. Les brigands accoururent, saisirent Anna par les cheveux ; ils en étaient à délibérer s'ils la dépouilleraient, lorsqu'on entendit les pas de Berthe : elle avait annoncé son approche par un petit sifflement. Au moment où les scélérats appliquaient déjà les canons de leurs pistolets sur les tempes de la pauvre enfant, Berthe se trouva près d'eux : elle leur dit à l'oreille qu'il n'y avait pas un moment à perdre. Alors ils cachèrent bien vite leur lanterne sourde sous leurs habits, et se mirent en devoir de fuir dans le plus grand silence.

« Quant à cette petite, dit Jacques, il serait inutile de la tuer en ce moment ; assurons-nous d'abord si elle a été postée là pour nous espionner ; s'il n'en est rien, nous lui laisserons la vie.

Anna fut donc entraînée par les voleurs à moitié morte de peur ; car rien n'aurait pu lui ôter de l'idée qu'on devait la faire mourir le lendemain matin. Aussi, dès qu'on fut arrivé à la cabane, elle s'assit accablée du plus profond désespoir ; et, comme les brigands commençaient à l'interroger sur les motifs qui l'avaient conduite auprès du vieux chêne où ils l'avaient trouvée, elle leur conta naïvement son histoire de la manière la plus touchante.

Tel fut le pouvoir de l'innocence, jointe à la beauté, sur les âmes même dépravées, que le plus jeune des deux voleurs, Jacques, fut touché de sa misère, et s'interposa auprès de son camarade pour qu'on ne la tuât pas : « Ne vaut-il pas mieux, ajouta-t-il, qu'elle soit notre servante et celle de Berthe. » Thomas consentit de fort mauvaise grâce à cette proposition, en jurant ses grands dieux qu'ils se repentiraient peut-être un jour l'un et l'autre d'une pareille sottise.

Voilà donc Anna installée dans la cabane des voleurs ; elle couchait avec Berthe. Celle-ci avait conçu tant de jalousie de l'intérêt que Jacques avait pris à cette enfant, qu'elle résolut de la rendre malheureuse, à force de mauvais traitements. Plusieurs mois se passèrent ainsi, sans qu'Anna trouvât la moindre occasion de fuir; car on ne la laissait jamais seule : il y avait toujours ou Berthe ou Thomas avec elle.

Laissée par hasard un jour seule avec Berthe, Anna forma enfin la résolution de s'échapper à quelque prix que ce fût. Ayant vu la méchante Berthe entrer dans le grand cabinet, elle tourna résolument la clef sur elle, monta, prompte comme l'éclair, dans sa chambre, et tira d'une petite boîte les bracelets de cheveux et la montre qui avaient été donnés à Berthe comme récompense par les voleurs. Elle prit aussi l'un des pistolets ordinairement chargés et, le cachant sous son mouchoir, elle sortit de la maison. Mais Berthe avait été mal enfermée; elle s'arma d'un poignard, s'élança à la poursuite d'Anna : elle allait bientôt l'atteindre, quand la pauvre fille, la voyant prête à fondre sur elle, lui appuya courageusement, comme dernière ressource, son pistolet sur la poitrine en la menaçant de la tuer, si elle ne se retirait. Hélas! Berthe ne fit que rire de ces menaces; le pistolet n'était pas chargé à balle, et Anna n'aurait pas manqué de retomber dans son horrible captivité, si la présence d'un jeune homme monté sur un mulet n'avait mis un terme à ses craintes. Anna implora aussitôt sa protection et lui demanda, au nom du ciel, de pourvoir à sa sûreté. Le cavalier s'y prêta généreusement, et, laissant Berthe attachée à un arbre, il fit monter Anna sur son mulet. Alors ils parcoururent plusieurs milles à travers des défilés, jusqu'à ce qu'ils arrivassent à une hôtellerie où se réunissaient souvent des voyageurs et des marchands de la contrée.

Le cavalier demanda pour Anna et pour lui deux chambres séparées, afin de passer la nuit en cet endroit; mais le maître de l'hôtellerie répondit que cela ne se pouvait, vu qu'il avait en haut deux messieurs qui voulaient coucher là, et qui, payant toujours bien, méritaient la préférence sur le premier venu.

— Eh bien! dit le cavalier, si ces messieurs sont humains ou même complaisants, ils auront quelques égards pour cette jeune personne qui a été maltraitée et retenue prisonnière par une bande de voleurs, à quelques milles d'ici, et qui, sans l'heureux hasard qui m'a fait passer par là, aurait ainsi perdu la vie ou la liberté. Veuillez donc, monsieur l'hôte, leur aller dire qu'ils m'obligeraient beaucoup, ainsi que cette jeune fille, s'ils pouvaient lui céder une chambre ; quant à moi je ne me coucherai pas. »

L'hôte sortit ; puis reparut bientôt avec un message négatif. « Voyons, Anna, dit alors le cavalier, allons trouver ces messieurs, tout impolis qu'ils sont, votre présence leur inspirera plus d'intérêt que tout ce que je pourrais dire. Si j'étais à leur place, je ne trouverais pas de plus grand plaisir que celui de vous obliger. Un bon procédé trouve toujours sa récompense. »

Persuadée par les instances de l'étranger, Anna fut introduite dans la pièce où les deux inconnus étaient assis. Elle tressaillit et, serrant étroitement son guide, elle s'écria : « Ah ! sauvez-moi ! sauvez-moi ! » et elle faillit s'évanouir dans ses bras. Il fut frappé d'étonnement, et, avant que la jeune fille pût expliquer le motif de sa terreur, déjà ces deux hommes s'étaient rendus furtivement à l'écurie, avaient sellé leurs chevaux, et étaient partis. Ces individus n'étaient ni plus ni moins que Jacques et Thomas ; l'hôtellerie servait de point central d'opérations ; ils avaient reconnu leur belle prisonnière dès qu'elle était entrée dans la chambre. Craignant d'être dénoncés, arrêtés, ils abandonnèrent sans délai leur retraîte pour aller chercher fortune ailleurs.

Dès qu'Anna eut expliqué la cause de sa frayeur à son généreux libérateur, celui-ci voulut voler à la poursuite des fugitifs, mais l'obscurité de la nuit l'empêcha de mettre ce périlleux dessein à exécution. Anna fut obligée de se reposer dans la chambre même qu'avaient occupée les brigands. Bien que cette pensée la remplît de terreur, elle se recommanda à la protection de Dieu, puis se coucha pénétrée de reconnaissance pour les services que lui avait déjà rendus l'inconnu. Deux fois elle lui devait la vie.

Anna jouit de ce doux sommeil que goûte toujours l'innocence, et quand, le lendemain matin, elle descendit de sa chambre, elle parut aussi fraîche qu'une belle rose après la pluie.

Le jeune homme avait alors, pour la première fois, la tête découverte ; Anna le regarda avec un air de préoccupation : « Assurément, lui dit-elle, je me remets vos traits, et cette cicatrice que vous portez au front. — Oui, dit son jeune protecteur, elle est le résultat d'une chute de cheval que j'ai faite, il y a de cela deux ans. Connaissez-vous le chemin qui va sinuant sous la montagne, près du rocher de Thorn-Bridge, à quelques milles d'ici ? — Je le connais très-bien, répondit Anna. — C'est là, poursuivit le jeune homme qu'habitait un honnête fermier du nom de François Furrow. Passant un jour près de sa demeure, mon cheval se cabra ; jeté à terre, je reçus une rude blessure au front, qui me força d'avoir recours au chirurgien. Pendant mon séjour dans la chaumière du digne M. Furrow, sa fille aînée me servit de garde-malade : ses tendres soins ne s'effaceront jamais de ma mémoire. Le pauvre François était accablé d'une nombreuse famille, et, comme je n'étais pas riche, je n'ai pu encore trouver le moyen de reconnaître ses soins hospitaliers. Ah ! cette petite fille était surtout si bonne, si attentive ; ses questions si naïves, pour savoir si, dans le cas où elle tomberait malade, j'en ferais, à mon tour, autant pour elle, me faisaient regretter qu'elle ne fût pas plus riche, dans une position plus heureuse. Je n'oublierai surtout jamais le jour où je pris congé d'elle pour continuer mon voyage ; elle m'accompagna jusqu'au sommet de la colline, d'où la vue embrassait une immense plaine. « Prenez ceci, dit-elle, en me présentant un myosotis, c'est la fleur du souvenir. » La pauvre enfant ! j'ai pris l'humble fleur, je la mis dans mon sein, je lui serrai la main en signe d'amitié, et lui dis adieu. Toutes les fois que je tournais la tête pour lui faire un dernier signe, je la voyais de loin agiter son mouchoir.

— Vous appelez-vous Alfred Wamlin ? interrompit Anna avec une vive exclamation. — Oui, reprit celui-ci. — Eh bien ! poursuivit-elle, je suis Anna Furrow, cette Anna qui vous a soigné avec tant de plaisir et vu partir avec tant de regrets. » Ce fut un moment de joie inexprimable pour ces jeunes gens : ils se trouvaient aujourd'hui liés par des services réciproques ; chacun croyait ne pouvoir témoigner à l'autre assez d'effusion de cœur. Ce fut alors qu'Anna reconnut la vérité de ce vieux proverbe : qu'un ami dans l'adversité est un véritable ami.

Alfred avait écouté avec une émotion visible les aventures d'Anna ; il avait été bien vivement touché de la situation déplorable de son père. Il lui apprit à son tour que, depuis qu'il l'avait quittée, il avait passé sous les drapeaux. Il se rendait même en ce moment chez le beau-père de son colonel.

Il fut décidé par Alfred qu'il laisserait Anna chez sa mère jusqu'au jour où elle devait aller trouver ses sœurs au Cruel-Château.

Maintenant Anna n'en voulait plus aux brigands, puisque cet évènement lui avait fait retrouver M. Alfred Wamlin. Aussi eût-elle été complètement heureuse si elle avait pu oublier l'état affligeant de son père et la triste situation de ses sœurs abandonnées à leur sort. Elle appela sur elles, par de ferventes prières, les bénédictions de celui qui sert de père aux orphelins et ne ferme pas l'oreille aux cris des malheureux.

Anna arriva, présentée par Alfred, chez madame Wamlin, qui la reçut avec la plus grande bonté. Quand le jeune homme eut raconté l'histoire de sa protégée, et les obligations qu'il avait à son père, Anna fut invitée à demeurer, autant qu'il lui serait agréable, chez madame Wamlin; de son côté, Alfred devait faire toutes les perquisitions nécessaires pour découvrir ce qu'était devenu François Furrow. Le jeune homme ne resta qu'un jour avec sa mère; après quoi, il se rendit, suivant ses instructions, auprès du vieux général; il le trouva fort mal par suite d'un coup de sabre qu'il avait reçu il y avait quelques mois, alors qu'il se rendait à son château, à travers les montagnes. Alfred lui rendit compte du message dont l'avait chargé sa fille; il en reçut en retour quelques dépêches. Le respectable vieillard ne retint Alfred que quelques jours; puis, celui-ci retourna chez sa mère, afin de prendre congé d'elle et de sa chère Anna.

La petite orpheline s'étudia bientôt tellement à mériter les bonnes grâces de madame Wamlin, à satisfaire ses goûts, prévenir ses besoins, adoucir ses peines, qu'elle devint sa bien-aimée. Elle savait, d'ailleurs, mettre à profit la conversation des personnes qui venaient voir cette dame; elle se perfectionnait par une lecture judicieuse et la convenance de sa mise.

Un jour, madame Wamlin voulut rendre une visite au général, pour avoir des nouvelles de sa santé et lui présenter en même temps sa jeune protégée dont elle apprenait les qualités et les jolies manières. Elle invita Anna à faire sa plus belle toilette, ajoutant avec sa bonté naturelle : « Peut-être, ma fille, pourriez-vous attirer un jour l'attention de quelque jeune homme de fortune, et devenir ainsi une grande dame. — Je n'ai pas cette ambition, reprit Anna : être heureuse, voilà mon désir ; être estimée de vous et de monsieur Alfred, voilà toute la richesse que j'ambitionne. Pour mon bon père et pour mes sœurs, je désirerais quelque chose de plus. »

Madame Wamlin et sa compagne se délassèrent de la longueur du voyage en se reposant en route chez des amies. Anna charmait tout le monde par la grâce et la prévenance de ses manières ; enfin, ces dames arrivèrent chez le général. Anna se trouvait parée des bracelets et du portrait dont nous avons déjà parlé ; lorqu'elle s'approcha du vieillard, celui-ci tressaillit de surprise, et demanda à voir le portrait renfermé dans la montre : « C'est celui de ma fille, s'écria-t-il. » Ceci amena l'explication de la manière dont il était, ainsi que les bracelets, tombés entre les mains d'Anna. Il était évident que la pauvre petite devait conserver un parfait souvenir des traits des scélérats qui avaient failli le tuer; le général recueillit donc de sa bouche un signalement si exact de leurs personnes, qu'il en fit donner avis partout.

« Mais, dit-il, ces bijoux sont pour moi un trésor que je n'eusse espéré jamais recouvrer : ce sont les cheveux, c'est le portrait de ma bien-aimée fille. Leur possession vous a coûté si cher, vous avez couru tant de dangers, je vous dois une récompense : souffrez que je vous offre une dot, quel que soit le mari que vous prendrez.

— Tant de bienfaits, monsieur, ne me sont pas dus, reprit Anna, je n'ai sauvé ces bijoux que dans l'intention de les restituer à leur véritable propriétaire, si jamais le hasard me le faisait rencontrer, je me trouverai assez heureuse de voir mes vœux comblés. Si vous vouliez récompenser celui qui m'a sauvée ? — Et qui donc ? s'écria le vieillard. — Le fils de madame. — Eh quoi ! Alfred Wamlin ? interrompit le général ; il sera fait officier. J'ai toujours pris un vif intérêt à lui, et cette dernière circonstance ne fait que l'accroître encore. »

Puis, il appela son domestique pour qu'il ouvrît un tiroir : « Cette bourse, reprit-il alors, contient trois cents guinées; elle servira d'abord à payer la valeur de la miniature et des bracelets; elle est pour vous. Voici maintenant pour Alfred un brevet de lieutenant; vous le lui présenterez de votre main. »

Anna remit la bourse et le brevet à madame Wamlin; ensuite elle s'agenouilla pour remercier Dieu et le bon général. Après quoi, ces dames se retirèrent dans l'appartement qui leur avait été préparé.

Oh! combien alors Anna était heureuse! Elle pouvait désormais faire du bien à ses sœurs. Elle calcula que le séjour de deux mois que devait faire madame Wamlin chez le général, et le voyage prémédité auprès d'Alfred, compléteraient l'année d'épreuve convenue avec la fée Terrible.

Deux mois s'écoulèrent ainsi; Anna ne fit que croître en estime dans l'esprit du bon général. Enfin, un jour, il la fit partir dans sa voiture, escortée de domestiques, avec madame Wamlin. Ces dames se dirigèrent vers la ville où se trouvait le régiment d'Alfred. Une fois arrivées, elles ne s'offrirent à sa vue qu'au moment même de la parade. Alfred était alors en ligne. Quel ne fut pas l'étonnement de celui-ci, quand son colonel, le faisant sortir des rangs, lui lut la commission signée du général et ajouta : « Voici les dames qui ont mis un si grand empressement à vous apporter ce brevet. » Alfred vit alors sa mère et Anna ; il les embrassa avec transport; puis, avec la permission du colonel, il déroba aussitôt ces deux dames à la curiosité des soldats.

Quinze jours après, Anna se promenait avec madame Wamlin et son fils, lorsqu'elle remarqua deux soldats qui buvaient à la porte d'une auberge ; elle les reconnut pour être les deux hommes qui l'avaient enfermée dans la cabane, et avaient si cruellement maltraité le général. Alfred les fit arrêter tout aussitôt. Ces brigands, qui avaient échappé si longtemps à la vengeance des lois, furent convaincus de ce meurtre sur la dénonciation de la jeune fille. Jacques fut condamné aux travaux forcés, comme ayant épargné Anna ; mais Thomas fut puni de mort.

Anna retourna chez madame Wamlin jusqu'au jour solennel où elle devait rejoindre ses sœurs. Quant à Alfred, il n'attendit pas cette époque pour aller solliciter le général de consentir à son mariage, lorsque le temps serait venu d'unir son sort à celui de sa chère Anna ; il avait déjà obtenu la bénédiction de sa mère.

Ici finit l'histoire d'Anna. Nous la laisserons s'acheminer vers le Cruel-Château.

HISTOIRE DE LUCY

Lucy avait pris la route ouverte devant elle, et la suivait d'un pas leste et gai, car la seule idée d'avoir de l'argent dans sa poche (circonstance qui ne lui était jamais arrivée) lui donnait des ailes aux pieds.

Pendant qu'elle réfléchissait le long de son chemin à la récompense que la fée Terrible lui avait promise, ainsi qu'à ses sœurs, si elle augmentait son petit trésor par des moyens honorables, comme à la punition qu'elle aurait à subir si elle agissait d'une manière contraire aux ordres qu'elle avait reçus, elle était arrivée jusqu'à la misérable échoppe d'un pauvre homme qui vendait des gâteaux et des pains d'épices. Se sentant bien faim, elle en acheta quelque peu et lui demanda s'il ne pourrait avoir l'obligeance de lui enseigner quelque personne charitable qui voulût bien donner un logement pour la nuit à une pauvre jeune fille courant à la recherche de son père.

« Ah ! ah ! ma bonne demoiselle, reprit le marchand de gâteaux, cela n'est pas très-facile : les gens généreux ne sont point, de notre temps, très-communs dans ce pays. N'importe, ajouta-t-il avec un moment de réflexion, et après avoir plus attentivement examiné Lucy, je vais vous indiquer une maison où il ne dépendra que de vous d'être bien reçue : c'est la *Maison d'argent ;* elle est à la distance de quelques milles, au bout de cette colline là-bas. — Comment cela peut-il dépendre de moi ? reprit Lucy. — Sans doute, si vous pouvez garder le silence et ne pas souffrir que qui que ce soit vous excite à parler... Voilà, ma chère demoiselle ; la condition est dure, n'est-ce pas ? — Merci, mon brave monsieur, de votre précieux renseignement : je vais, de ce pas, me diriger vers la *Maison d'argent.* » Et elle prit congé du marchand.

La lecture avait souvent appris à Lucy l'importance du silence ; elle était donc bien résolue à en tenter l'effet. Elle arriva à la porte extérieure, et frappa. Un homme parut ; son premier geste fut de montrer du doigt l'inscription placée sur la porte : ***Gardez le silence, si vous voulez entrer;*** puis il lui demanda ce qu'elle voulait.

Lucy allait faire un long récit de sa position, orsque le concierge ferma soudain la porte, et laissa la pauvre fille toute déconcertée et près de pleurer de dépit. Elle comprit, par cette étrange réception, qu'elle avait eu tort de parler pour répondre ; il est vrai qu'elle n'avait guères jusqu'ici connu d'autre moyen de se faire comprendre. Elle prit donc le parti de se diriger de l'autre côté de la *Maison d'argent ;* elle vit une autre porte, et comme elle avait fait l'expérience que le tort d'avoir parlé venait de lui faire refuser si brutalement l'entrée il n'y a qu'un instant, elle résolut cette fois de demeurer muette. Ayant frappé avec moins d'assurance que la première fois, la porte s'ouvrit aussitôt, et elle lut cette même inscription : ***Gardez le silence, si vous voulez entrer.*** Lucy fit signe de la main qu'elle désirait coucher dans la maison; on la laissa passer.

Une jeune fille et un jeune garçon l'introduisirent obligeamment, et se mirent à lui parler de la manière la plus familière; mais ne voyant là qu'un piége, Lucy se garda bien de leur répondre un seul mot. Cette maison n'était pas, comme le pouvait faire présumer son nom, faite d'argent : on l'appelait ainsi, parce que tout ce qu'elle contenait avait la blancheur de l'argent. Là, tout était d'une telle élégance, que la pauvre fille se trouva tout honteuse; sa triste mise n'était guère en rapport avec ce qui s'offrait à ses regards.

Le maître de la maison ne se fit pas attendre : il portait une longue barbe blanche, était vêtu d'une robe blanche et tenait à la main une canne de même couleur; l'inconnu fit signe à Lucy de le suivre; ils entrèrent dans une salle décorée de statues qui, toutes, avaient la bouche fermée, les yeux baissés vers la terre, ou sinon levés avec respect vers le ciel, tandis que d'autres avaient la bouche distendue, avec l'air de parler, et paraissaient ainsi on ne peut plus ridicules. Leurs têtes étaient uniformément surmontées de bonnets grotesques ; elles portaient des grelots aux mains ; des pies se pavanaient sur leurs épaules.

Le vieillard déposa un livre entre les mains de Lucy, sans lui dire un seul mot. Celle-ci y lut que ces statues représentaient des personnes qui avaient été renvoyées dès qu'elles s'étaient présentées, ou bien qui parlaient toujours sans penser à ce qu'elles allaient dire, ou ne disaient que des choses insignifiantes.

Lucy regarda tout ce qui l'entourait en silence, puis elle écrivit sur la feuille du livre qu'elle ne suivrait pas un pareil exemple. Alors le vieillard l'embrassa et lui dit : « Il y a une restriction à la règle de cette maison, à savoir : que les jeunes personnes pouvaient parler tout bas, si elles avaient observé le silence pendant une seule heure après être entrées, et n'avaient surtout répondu à aucune question. » Lucy raconta donc son histoire ; il lui promit de lui venir en aide et de lui permettre de rester aussi longtemps qu'elle le voudrait, si elle observait cette triple règle de la maison : ne jamais parler haut que lorsqu'elle était seule, ne jamais parler à qui que ce fût qu'à voix basse, enfin garder le silence quand des personnes plus âgées étaient présentes.

Sur ces entrefaites, un domestique entra : il fit signe à Lucy, avec un couteau et une fourchette, d'aller souper; après quoi, il lui montra du doigt la pendule pour faire voir qu'il était temps d'aller se coucher. Lucy obéit, fit la révérence au respectable M. Paisible (tel était le nom du maître de la maison), et lui serrant la main d'un air reconnaissant, se retira dans une petite chambre bien proprette où se trouvait une grande statue parfaitement ressemblante au monsieur qu'elle venait de quitter.

Avant de se mettre au lit, Lucy fit sa prière, et demanda à Dieu de la conduire vers son père, car maintenant qu'elle était seule elle pouvait parler; puis elle se coucha. Au-dessus du lit, ces mots étaient inscrits : *Gardez le silence.* Environ sur les minuit, Lucy fut réveillée par quelque chose qui s'approcha du bord de son lit, toucha à ses vêtements et ensuite se retira; mais elle ne se mit pas à crier, car elle n'entendit que ces paroles proférées à voix basse : « Pauvre fille! »

Cette espèce de vision disparut peu après, et Lucy s'endormit jusqu'au matin. O surprise ! en se réveillant, elle ne vit plus ses vieux souliers épais et ses gros bas ; à leur place, elle trouva bas et souliers neufs ; elle se leva bien enchantée, et, dans l'élan de sa joie, descendit l'escalier où M. Paisible était alors assis avec quelques amis ; mais, par réflexion, Lucy se contenta de saluer sans rien dire, vu qu'ils n'étaient pas seuls.

Pendant tout le jour, on lui permit de se distraire avec des livres ou de se promener dans le jardin, derrière le mur duquel elle entendit tant de babils divers qu'elle ne put s'imaginer ce que cela signifiait dans une demeure aussi silencieuse que la *Maison d'argent*. Ce jour s'écoula, et elle alla se mettre au lit comme la veille. Pendant la nnit, la même apparition entra doucement, s'avança jusqu'au lit, et dit : « Les bonnes choses sont pour les bonnes filles. »

Lucy fut moins effrayée que la nuit précédente, voyant bien qu'on ne voulait pas lui faire de mal. Le lendemain, à la place de la mauvaise robe qu'elle portait, elle en trouva une autre du tissu le plus délicat.

C'est ainsi que, pendant une quinzaine de jours, quelque article de ses vêtements était invariablement changé ; et comme ces métamorphoses étaient toujours à son avantage, elle se sentait la plus grande inclination à se soumettre aux usages de la *Maison d'argent*.

Une nuit, le fantôme lui enleva son vieux bonnet et y substitua un chapeau orné d'une belle plume.

Lucy se présentait régulièrement parée de ces belles choses à l'heure du déjeuner. Le vieux M. Paisible semblait y prendre beaucoup de plaisir ; mais on ne disait toujours rien ; c'est ainsi qu'un mois environ s'était écoulé, lorsque certaine nuit une belle figure parut, et, s'avançant jusqu'au bord du lit, dit tout bas : « Demain, il faudra, mon enfant, que vous poursuiviez la recherche de votre père ; l'amour de nos parents est notre premier devoir, et une bonne fille ne saurait être heureuse alors que les auteurs de ses jours sont malheureux. J'ai maintenant une dernière confidence à vous faire ; il faut demain que vous demandiez à être admise comme membre de la Société pensante. La *Maison d'argent* est instituée pour enseigner aux jeunes personnes que le bavardage est un indice de toute absence d'idée, et, chez les enfants, une chose aussi inconvenante qu'insupportable. Les babillards que vous avez entendus derrière les murs du jardin sont renfermés là par châtiment : il faut ou qu'ils se corrigent de leurs défauts, ou qu'ils soient chassés au bout d'un mois de discipline. »

Il serait impossible de se faire une idée du calme et de la tranquillité qui régnaient dans la *Maison d'argent*. Les chaises n'étaient jamais déplacées avec bruit ; jamais on n'agitait brusquement les sonnettes. Lorsqu'on désirait quelque chose, on n'avait jamais besoin de le demander deux fois, parce que chacun connaissait son devoir ; tout le monde marchait légèrement sur des nattes ou des tapis du tissu le plus délicat, dont tous les appartements étaient couverts.

Enfin arriva le jour où Lucy fit savoir par écrit qu'elle désirait être reçue membre de la Société pensante, bien que le nombre en fût complet (il n'avait jamais dépassé le chiffre dix).

Les membres étaient tous réunis dans la *Cham-*

bre blanche; Lucy fut introduite. Alors le président, désignant du doigt un grand vase de verre rempli d'eau jusqu'au bord, fit ainsi comprendre que le nombre des membres de la société était complet, et qu'elle ne pouvait être admise ; alors Lucy s'inclina, et, détachant une feuille de la rose qu'elle portait à son sein, elle la posa légèrement sur l'eau, sans que pour cela celle-ci débordât, voulant par là faire entendre à son tour que l'on pouvait bien encore ajouter quelque chose au vase sans qu'il fût trop plein. Le président fut transporté d'admiration pour l'ingénieuse modestie de Lucy, et lui présenta alors le livre pour qu'elle y inscrivît son nom ; elle l'y inscrivit, en effet, mais dans un caractère presque imperceptible, pour prouver qu'elle se regardait comme le moindre des membres. Ensuite le président indiqua le nombre *dix*, pour que Lucy y ajoutât le chiffre qui devait exprimer onze membres de la société ; mais, à la grande surprise de tout le monde, elle ne plaça qu'un zéro devant le 10, pour faire connaître qu'elle n'avait donné aucune espèce de valeur nouvelle à la société ; le président effaça aussitôt ce zéro et le plaça de l'autre côté : ce qui donna le nombre de *cent* ; en quoi il était évident qu'il avait voulu faire comprendre que Lucy avait décuplé au contraire le mérite de la société.

Lucy avait si bien gagné les bonnes grâces du maître de la *Maison d'argent* qu'il la pria d'y demeurer un mois encore ; mais celle-ci répondit que son devoir exigeait qu'elle allât à la recherche de son père, et s'efforçât d'augmenter, avant son retour, le petit pécule qu'elle avait reçu de la fée Terrible : « Ah ! ah ! dit alors le bon M. Paisible, j'ai un fils qui achève maintenant ses études ; il serait, j'en suis sûr, très-charmé de votre conduite et de vos sentiments. Les bonnes filles sont les plus propres à faire de bonnes épouses. Si vous voulez me suivre, vous verrez son portrait. » Lucy entra dans une chambre voisine, et fut frappée de la douceur des traits de cette miniature ; après quoi elle se retira chez elle ; et, la nuit venue, s'endormit profondément, tant elle avait l'âme contente.

Quelle fut sa surprise le lendemain, de trouver, à la place des malheureux douze pennys qui lui restaient encore la veille, une bourse contenant douze guinées, avec douze cordons pour la nouer. Elle s'habilla à la hâte et courut restituer cette bourse à M. Paisible, en lui disant tout bas qu'elle n'était pas sa propriété. Non-seulement ce respectable monsieur lui rendit cette bourse, mais il lui donna encore un écrin, en ajoutant qu'il ne pouvait jamais être ouvert, aussi longtemps qu'elle demeurerait sage, par qui que ce fût, autre que par le jeune homme qui devait être un jour son mari. Lucy reçut l'écrin les larmes aux yeux et dans l'attitude de la plus respectueuse reconnaissance, prit congé de son vénérable bienfaiteur ; elle fut ensuite silencieusement conduite jusqu'à la porte extérieure.

On s'imagine bien qu'ayant maintenant de beaux vêtements et de petits souliers, Lucy n'était plus en état de marcher comme auparavant ; c'est ce que M. Paisible avait prévu : aussi un beau petit mulet bien sellé, bien bridé, attendait-il Lucy à la porte.

La douceur et l'aménité de Lucy lui gagnait des amis en tous lieux ; on lui témoignait partout un très-grand intérêt, maintenant qu'elle semblait n'avoir besoin de personne. Sur sa route, elle visita toutes les maisons et les chaumières où elle croyait pouvoir obtenir des renseignements sur son père, mais toujours sans résultat. Toutes les fois qu'elle pénétrait dans la demeure des pauvres et qu'elle y trouvait réunies la misère et la probité, elle distribuait une partie de l'argent qu'elle avait si généreusement reçu pour adoucir les besoins des nécessiteux. Elle ne pouvait prendre un meilleur moyen pour continuer à se faire aimer de la *Maison d'argent*, où l'on recevait de ses nouvelles.

Il faut avouer, cependant, que la reconnaissance n'est pas toujours le partage des gens pauvres ; plusieurs d'entre eux prennent même souvent le masque de la nécessité pour abuser les gens charitables : c'est ce qui arriva à Lucy. A la dernière cabane où elle s'arrêta, ses hôtes se trouvèrent être des gens malhonnêtes, ou plutôt des voleurs ; car, dans les ténèbres de la nuit, ils pénétrèrent dans la chambre de Lucy, et, la trouvant éveillée, ils la sommèrent, avec d'horribles imprécations, de se cacher la tête sous les draps, tandis qu'ils lui enlèveraient ses beaux vêtements, sa bourse et son écrin d'acier. La crainte qu'elle avait pour sa vie lui fit garder le silence. Ils lui lièrent ensuite les pieds et les mains pour l'empêcher de les suivre, et la pauvre Lucy resta ainsi abandonnée, dans cette affreuse situation, jusqu'au lendemain, incapable de se faire entendre de qui que ce fût.

Enfin, dans l'après-midi, une jeune marchande d'allumettes passant par là, entr'ouvrit la porte pour demander si l'on avait besoin d'allumettes, alors Lucy poussa un cri si perçant que cette jeune fille l'entendit ; elle entra donc dans la petite chambre où se trouvait garottée Lucy, et lui donna tous les secours qui étaient en son pouvoir ; puis elle lui prêta un mantelet, ensuite Lucy déchira un des draps, s'en fit un jupon, mit à ses pieds une mauvaise paire de souliers, et prit le parti de se remettre en route en ce misérable état, avec la jeune fille dont elle fut désolée de ne pouvoir récompenser l'obligeance. Après avoir partagé un peu de pain dur avec la marchande d'allumettes, Lucy rendit grâces à Dieu d'avoir échappé à la mort.

« Si vous allez à la *Maison d'argent*, dit Lucy, racontez mon aventure au bon M. Paisible, et il vous récompensera, lui, quand vous lui direz que mon nom est Lucy Furrow. — Oh ! reprit la jeune fille, il demeure bien loin d'ici ; n'importe, à trente milles à la ronde, tout le monde sait combien il est bon. »

Elles s'entretenaient ainsi, tout en cheminant, de la *Maison d'argent*, quand un jeune monsieur vint à passer en cabriolet, ayant derrière lui un domestique à livrée. Lucy lui fit, de la manière la plus candide, le récit de ses malheurs, et le pria de la laisser monter derrière sa voiture, surtout s'il se rendait du côté de la *Maison d'argent*. L'inconnu tressaillit à ce nom, la supplia à son tour de monter dans son cabriolet, et congédia la marchande d'allumettes après l'avoir récompensée.

Lucy, une fois installée dans la voiture et bien recouverte du manteau de l'inconnu, le jeune homme lui apprit à son tour qu'il connaissatt très-bien la maison de M. Paisible, et qu'il allait s'y rendre après avoir passé quelques jours chez un ami de son père, dont la fille lui donnerait assurément les vêtements dont elle avait besoin.

Alors Lucy regarda pour la première fois, avec une vive curiosité, son protecteur ; ses traits ne lui semblaient pas inconnus, mais elle n'aurait pu dire où elle l'avait vu. Elle donna le signalement des misérables qui l'avaient si indignement traitée; le jeune monsieur, frappé comme d'un souvenir, demanda à son domestique s'il ne se rappelait pas que ces gens eussent pris un chemin de traverse; en effet, ce domestique avait remarqué l'homme et la femme, et ramassé même une croix sur la route, que Lucy reconnut aussitôt pour lui appartenir. Il fut à l'instant proposé de retourner sur ses pas, car on les avait rencontrés non loin de là. Le cheval fut lancé au galop dans cette direction nouvelle; ils arrivaient à l'extrémité de la forêt, au moment où les brigands en sortaient.

« Ce sont eux! les voilà! » s'écria Lucy.

Soudain le monsieur se précipite hors de son cabriolet, ses pistolets à la main, et son domestique le suit de son côté l'épée nue; alors les voleurs s'enfuirent en toute hâte, abandonnant sur la route tout ce qu'ils avaient pillé : les vêtements, la bourse et l'écrin.

Lucy entra dans la première maison qu'on rencontra pour changer de costume; lorsqu'elle reparut, le jeune monsieur fut aussi ébloui de sa personne qu'il l'avait été déjà de ses manières. Il faut dire ici que l'inconnu se rendait, en ce moment, chez les parents d'une jeune personne qu'il devait épouser. Il fut d'abord parfaitement accueilli, ainsi que Lucy, dont il raconta en partie les malheurs. Mais quel fut l'étonnement des personnes chez qui l'on se présentait à la vue des vêtements que portait Lucy : ils étaient précisément les mêmes que ceux de leur fille.

Cette circonstance étrange inspira contre Lucy des soupçons qui la forcèrent, pour sa justification, de raconter tout ce qui lui était arrivé depuis la démence de son père. Ces gens, incrédules et malveillants, allaient la mettre dehors comme une intrigante ; mais le jeune monsieur fut moins prompt : il demanda à Lucy si elle était disposée à l'accompagner jusqu'à la *Maison d'argent*, pour constater la vérité de ses assertions, ce qu'elle accepta avec plaisir. « De plus, dit Lucy, voici un écrin qui m'a été donné par ce respectable vieillard ; je n'ai jamais pu l'ouvrir ; mais je le garde comme un trésor. »

Chacun des assistants eut alors la curiosité d'ouvrir cet écrin mystérieux ; tout le monde

4

l'essaya sans succès ; mais à son tour, le jeune homme, l'examinant, appliqua une clef de composition magnétique sur une épingle d'acier : le couvercle s'ouvrant offrit la plus belle miniature représentant Lucy. Au-dessous de ce portrait étaient inscrits ces mots : *Elle fait l'ornement de la* Maison d'argent ; *elle est digne de la main d'Henri Paisible.* Le jeune homme tressaillit, car Henri Paisible, c'était lui ; il avait reconnu l'écriture de son père. Au fond de l'écrin se trouvait un autre petit portrait, celui de Henry, tout semblable à celui que Lucy avait contemplé avec tant d'intérêt à la *Maison d'argent.*

On peut se faire une idée de la mortification des gens chez qui cette scène se passait. Lorsqu'ils virent l'attachement qui allait toujours croissant entre Henry et Lucy, ils résolurent d'envoyer chercher leur fille Alice à la *Maison d'argent*, mais ils n'eurent pas cette peine : Alice leur revint tout à coup, revêtue des vêtements grossiers que Lucy portait en entrant à la *Maison d'argent.* Par une lettre adressée aux parents, M. Paisible mandait qu'ayant été incapable de modérer le babil d'Alice, il la renvoyait dans l'état où ils la voyaient pour la punir.

Presque immédiatement Henri prit, avec Lucy, congé de ses hôtes. Ils se mirent d'abord à la recherche du pauvre M. Furrow ; mais n'ayant pu réussir à le trouver, ils dirigèrent leurs pas vers la *Maison d'argent* ; ils y furent reçus avec joie par M. Paisible, qui assigna, à sa bru, un appartement jusqu'au jour où elle devait rejoindre ses sœurs, ce qui eut lieu selon l'arrangement convenu.

HISTOIRE DE MATHILDE

Mathilde, la troisième fille du pauvre M. Furrow, était essentiellement bonne, aimante; elle avait le meilleur cœur du monde; elle s'était toujours fait distinguer par la délicatesse de ses sentiments.

Les deux points qu'elle avait surtout en vue, dans son pieux pèlerinage, était de pouvoir rendre d'abord un compte avantageux de sa conduite à l'expiration des douze mois prescrits, puis surtout de ramener son père à cette époque.

« Ce n'est pas pour mon intérêt personnel ou mon bien-être, mais pour celui de mes sœurs, se disait-elle que je cherche en ce moment fortune ; je prie ardemment le bon Dieu, si je puis améliorer un jour leur position, de ne pas ternir la réputation de notre pauvre famile. »

C'est avec de telles pensées qu'elle poursuivait toujours son chemin, lorsqu'enfin elle prit le parti de s'asseoir sur un banc pour se remettre de sa lassitude.

Un beau canari était perché sur une petite branche d'arbrisseau, devant elle, au milieu de la route ; il faisait son petit ramage et becquetait avec vivacité quelque chose qui se trouvait près de sa patte, lorsqu'un épervier qui planait en cet endroit dans les airs précipite son vol vers l'innocent canari. Mathilde connaissait assez les habitudes de ces cruels oiseaux pour ne pas hésiter à courir au-devant de celui-ci en agitant son chapeau de manière à l'effrayer ; au moment de saisir le petit oiseau, l'épervier fut arrêté par cet obstacle ; il reprit son vol dans une autre direction.

Mathilde s'approcha du serin, qui se laissa prendre. Mais qui eût jamais pensé que ses petites pattes se trouvassent embarrassées dans les mailles d'une belle bourse de soie à jour, contenant plusieurs pièces de monnaie.

La jeune fille, bien moins préoccupée de l'argent qui lui tombait si inopinément, que du sort de l'oiseau, posa celui-ci à terre, comme pour le rendre à la liberté ; mais, au lieu de s'envoler, le petit canari vint se percher sur son doigt, gazouilla en la regardant, et sembla lui dire : « Je ne demande pas à vous quitter, si vous voulez que je reste. »

Mathilde fut touchée de ce petit trait de sensibilité ; elle résolut de garder ce canari jusqu'à ce que la nécessité la forçât à s'en séparer.

« Cher petit, lui dit-elle, je vous acheterai une belle cage, dès que j'aurai assez d'argent pour cela ; vous aurez votre chez vous, quand j'en aurai un aussi ; nous sommes l'un et l'autre de pauvres voyageurs errants, égarés ; j'espère rencontrer quelque part un protecteur aussi bienveillant que vous en trouverez un en moi. »

Mais bientôt la bourse vint, à son tour, occuper ses pensées : elle contenait passablement d'argent, et cet argent n'avait plus de propriétaire. « Il n'est cependant pas à moi, se dit Mathilde, si je le dépense, je ne serai pas en état de le restituer ; il faut donc que je le regarde comme un dépôt sacré, quoiqu'il ait l'air d'avoir appartenu à des gens qui font du bien aux pauvres. »

Mathilde mit le canari dans son sein; puis, continua sa route jusqu'à ce que le faim s'emparât d'elle. A peine eût-elle mangé qu'elle se se fit conduire à la boutique d'un oiseleur, à qui elle acheta une petite cage et un peu de millet pour le pauvre oiseau, qui le mangea avec la plus grande avidité. Ayant ensuite demandé, mais inutilement, à l'oiseleur s'il ne pouvait lui donner quelques renseignements sur son pauvre père, Mathilde s'informa si quelqu'un avait perdu tout récemment une bourse sur cette route.

« Oui, certes, dit cet homme; en avez-vous trouvé une, par hasard? » Mathilde répondit affirmativement. « Eh bien! reprit-il, elle est à moi.

— Comment est-elle?

— En cuir.

— Qu'y avait-il dedans?

— Quatre ducats et de la monnaie de cuivre.

— Eh bien! en ce cas, cette bourse n'est pas à vous : d'abord, elle est en soie, puis elle contient tout autre chose. »

Ceci dit, Mathilde se disposait à prendre congé de l'oiseleur, lorsque ce méchant homme, l'arrêtant brusquement par le bras, lui dit qu'il aurait la bourse, parce qu'il était clair que cette bourse n'appartenait pas plus à elle qu'à lui.

« Voilà un singulier raisonnement, reprit Mathilde tout en tremblant de peur ; je l'ai trouvée, moi : j'y ai donc plus de droits que vous jusqu'à présent et vous ne l'aurez pas. »

Sans lui répondre, cet homme se jeta sur elle; il allait lui enlever la fatale bourse de force, celle-ci poussa des cris perçants. Alors, une vieille femme, couverte de haillons, accourut en boitant ; elle commença par arracher Mathilde à la violence du cupide oiseleur qu'elle réprimanda même très-sévèrement; après quoi, elle témoigna le désir de poursuivre son chemin en compagnie de Mathilde, pour qu'elle l'aidât à marcher.

« Je serais bien heureuse, lui dit celle-ci, de trouver un endroit pour y passer la nuit; demain, j'espère trouver le propriétaire de cette bourse et de cet oiseau.

— Vous trouverez du moins un lit, si vous venez chez moi, répondit madame Andry (c'était le nom de cette vieille bonne femme). Quoique je sois pauvre et que vous ayiez une bourse, ma chère amie, je ne vous ferai point payer l'hospitalité que je vous offre.

— Je vous remercie bien, ma bonne dame, mais je ne rendrai pas les pauvres plus malheureux qu'ils ne le sont : une partie de mon argent sera pour vous. »

Chemin faisant, elles passèrent devant un puits ; madame Andry s'étant plaint d'une soif ardente, Mathilde, dans le désir de la désaltérer, fit à l'instant descendre un seau dans le puits ; mais, à son grand étonnement, au lieu d'eau, elle trouva, au fond du seau, une bourse qui contenait deux fois plus d'argent que la sienne.

Mathilde voulut la donner à la bonne dame, en disant qu'elle lui appartenait à juste titre, puisque, sans la soif qu'elle avait manifestée, jamais elle-même n'aurait eu l'idée de faire usage de ce seau ; madame Andry, la refusant, lui dit : « Je la garde, oui, mais pour vous, mon enfant, et j'aurai soin, par parenthèse, que ce petit trésor ne diminue pas. Mais, ajouta-t-elle, continuons notre chemin vers ma demeure, déjà la nuit approche. »

Alors, elles poursuivirent leur marche, mais bien lentement, la vieille dame cheminait avec tant de peine ! Elles ne rencontrèrent sur toute leur route qu'un vieux soldat avec une jambe de bois ; à l'autre pied, il n'avait qu'un mauvais soulier. Ce vieillard était mis proprement, quoiqu'avec une apparence pauvre.

Cette observation n'échappa pas à Mathilde ; elle mit la main à sa bourse et dit : « Mon brave homme, nous n'avons pas de souliers ; mais nous devons servir de pieds aux boiteux ; je vais vous prêter de quoi acheter des souliers.

— Que dites-vous, ma fille, vous semblez presque aussi pauvre que moi, reprit le soldat, j'ai perdu ma jambe dans les batailles, hélas ! et j'ai l'autre sur le bord de la fosse. N'importe, vous avez trop bon cœur, je ne refuserai pas l'argent que vous m'offrez ; oui, mais en retour de ce que vous me donnez, je veux vous faire, moi, un petit présent : celui de cette boîte d'ivoire que je viens de trouver au beau milieu du chemin. »

On se sépara. Mathilde ne pensait guère à la boîte de l'invalide : ce ne fut qu'après être arrivée à la chaumière de madame Andry que l'idée de l'ouvrir lui vint. Qu'y trouva-t-elle ? Une belle bague en rubis, avec ce chiffre C. H.

Mathilde et la vieille dame furent charmées toutes deux de cette nouvelle trouvaille. Cependant, par un remords de conscience, la jeune fille ne pouvait s'empêcher d'exprimer le désir de rencontrer un jour les propriétaires de toutes les choses qu'elle trouvait avec un bonheur si extraordinaire. Le mobilier que renfermait la chaumière de la vieille dame respirait un esprit admirable d'ordre et de propreté. Mathilde entretint sa généreuse hôtesse de l'histoire de sa famille, et de l'engagement qu'elle avait pris de rejoindre ses sœurs au bout d'une année.

« Eh bien! lui dit madame Andry, quand Mathilde eût achevé son récit, vous resterez avec moi jusqu'à ce que j'entende parler de quelque chose qui vous convienne mieux, et vous pouvez compter que la récompense est le fruit d'une bonne conduite. »

Mathilde passa une nuit excellente. Le lendemain matin, elle se leva de bonne heure et mit tout en ordre dans la chaumière pour épargner cette peine à sa bienfaitrice.

Madame Andry, en se réveillant, fut charmée de la prévenance et des petits soins de la jeune fille; elle l'en remercia; sa confiance et son amitié ne parurent que s'en accroître; aussi, tout en déjeûnant, apprit-elle à Mathilde qu'elle avait connu jadis des jours plus heureux ; mais qu'aujourd'hui, devenue vieille, infirme et pauvre, ses amis et ses égaux d'autrefois ne voulaient plus la regarder, et que les jeunes étourdis se moquaient d'elle.

« Mais moi, je ne ferai pas comme eux, interrompit vivement Mathilde; les jeunes gens ne s'arrêtent qu'aux apparences ; ils jugent plutôt par les yeux du corps que par ceux de l'âme.

— Cela est vrai, répliqua madame Andry ; c'est une excellente maxime ; gardez-vous de jamais l'oublier, Mathilde. »

Quelques semaines s'étaient écoulées, lorsqu'un monsieur de bonne apparence entra dans la chaumière ; il lia conversation avec Mathilde; il lui donna quelques pennys pour une cruche de bière et se mit à engager l'entretien avec madame Andry. Mathilde, de propos en propos, en vint à lui conter toute son histoire, à lui montrer l'oiseau qu'elle avait sauvé, la bourse qu'elle avait trouvée, la boîte d'ivoire dont on lui avait fait présent. L'inconnu examina avec beaucoup d'attention et la bourse et la bague; puis, prenant congé des deux femmes, il présenta à Mathilde quelque monnaie pour payer de rechef les rafraîchissements qu'il avait pris, en annonçant qu'il repasserait bientôt.

La vieille dame Andry dit, quand il eut disparu : « Cette homme-là n'a pas une physionomie qui prévienne en sa faveur ; mais, comme il ne nous a rien pris, nous n'avons rien à dire.

— En effet, dit Mathilde, j'ai cru remarquer qu'il dévorait la bourse des yeux, regardait et comptait l'argent avec beaucoup d'avidité, comme il doit revenir bientôt, nous le connaîtrons mieux. »

Dans l'après-midi du même jour, madame Andry et Mathilde se promenant dans les environs, firent la rencontre d'une fort jolie demoisellle. Celle-ci, marchant avec assez d'imprudence sur quelques pierres, se laissa cheoir dans un petit ruisseau. Mathilde accourut en toute hâte pour la relever : ce qu'elle fit avec une prestesse étonnante. Ce premier service rendu, elle lui offrit ses propres souliers, pour remplacer ceux qu'elle avait aux pieds et qui se trouvaient trempés d'eau. La demoiselle accepta cet échange de grand cœur, et se rendit presque aussitôt, en compagnie de ces dames, à la chaumière de madame Andry ; là tout fut disposé pour lui faire la meilleure réception possible. Un bon feu ne tarda pas à réparer le petit accident fort désagréable dont l'aimable inconnue venait d'être victime.

« C'est vraiment singulier, dit alors, et comme par réflexion, la demoiselle ; je suis malheureuse. Toutes les fois que je viens me promener dans ces environs, il m'arrive toujours quelque aventure : l'autre jour, j'ai perdu ma bourse...

— Et moi, j'en ai trouvé une, interrompit Mathilde, et je vais vous la faire voir.

— En effet, c'est ma bourse, reprit la demoiselle, et il y avait dedans cinq schellings.

— Elle ne peut être qu'à vous, répliqua Mathilde, et je m'estime bien heureuse de pouvoir vous la restituer.

Mathilde mit alors la bourse dans les mains de la demoiselle; mais, après en avoir extrait l'argent qu'elle contenait, celle-ci reprit : « Cette bourse ressemble singulièrement à celle que j'ai perdue ; c'est à s'y méprendre ; mais voici une guinée que la mienne ne contenait pas. Alors, je ne puis la garder, je n'ai pas perdu pareille somme.

— Mais, en vérité, cela est fort étrange, s'écria Mathilde avec un air de candeur ingénu, plus je m'efforce de rendre l'argent qui ne m'appartient pas et plus il augmente. »

Alors, Mathilde raconta l'histoire de la bague qu'elle avait trouvée dans la boîte ; mais comme cette autre aventure n'intéressait pas la demoiselle en question, elle fit ses adieux, en priant madame Andry de permettre que Mathilde allât passer quelques semaines chez elle, toutes les fois qu'elle n'aurait pas besoin d'elle.

L'aimable inconnue laissa ces dames dans le ravissement de sa personne. Mathilde trouvait secrètement un plaisir infini à voir ainsi s'augmenter ses fonds, sans qu'elle pût jamais savoir comment. « J'aurai donc la joie, se disait-elle, de pouvoir secourir mes pauvres sœurs, si elles se trouvent dans le besoin. »

On va voir que Mathilde ne faisait là qu'un beau rêve.

Peu de jours après, en effet, la bonne vieille madame Andry vint à tomber gravement malade. Or, petit à petit, tout l'argent que contenait la bourse de Mathilde fut absorbé pour subvenir aux frais de maladie.

« Hélas ! se dit un beau jour la désolée Mathilde, se voyant réduite à sa dernière pièce de monnaie, que faire maintenant ? Ah ! si je me présentais à cette grande maison qui est tout là-bas au bord de la montagne, pour offrir mon canari. Qui sait s'il ne prendra pas-fantaisie à quelque dame charitable de l'acheter, puisque je n'ai pu trouver encore la personne à qui appartient ce charmant oiseau.

— Va, mon enfant, va, répondit la pauvre madame Andry à demi mourante, mais qui n'en avait pas moins entendu les paroles entrecoupées de Mathilde ; va, accomplis pour la bonne vieille ce dernier sacifice, et Dieu te récompensera de ton bon cœur. »

Mathilde partit donc avec l'oiseau ; elle annonça l'objet de sa visite et demanda si l'on voulait acheter un serin.

« En vérité, dit la dame de la maison, il me semble que c'est l'oiseau même que nous avons perdu, et pour lequel nous avons offert une si forte récompense à quiconque le trouverait. Je le reconnais à cette marque que porte son aîle ;

et, quoique vous ne soyez pas venue réclamer la récompense promise, elle vous est due. »

Ici, Mathilde raconta de quelle manière elle avait conservé ce joli canari.

« Ainsi, non-seulement pour votre humanité, poursuivit la dame, mais encore en considération de la pauvre dame Andry, vous aurez deux guinées pour votre peine. »

Mathilde répondit qu'elle n'avait droit à rien pour avoir restitué l'oiseau à son propriétaire, mais que ce serait là, en réalité, un acte de charité envers la dame Andry.

« Ah ! ah ! puisqu'il en est ainsi et à cause de vos bons sentiments, vous aurez deux autres guinées de plus, ajouta madame Cœur-Libre ; il faut que cette digne femme ne manque de rien. »

Mathilde s'en revint le cœur plein de joie, comme vous pouvez le croire. Mais, hélas ! quand elle rentra dans la chaumière, de quelle affreux désespoir ne fut-elle pas saisie : la dame Andry n'y était plus ; personne aux alentours ne savait ce qu'elle était devenue.

Après être restée trois grands jours seule dans la chambre à attendre le retour ou des nouvelles de sa pauvre bienfaitrice, Mathilde, effrayée enfin de sa solitude, se rendit à la maison de la personne charitable qui l'avait si bien récompensée pour un petit soin ; elle lui conta le malheur qui venait de lui arriver et implora sa protection.

Madame Cœur-Libre la lui accorda de bien bon cœur ; elle fit prendre possession de tout ce que renfermait la chaumière au profit de Mathilde dans le cas où l'on n'entendrait plus parler de madame Andry.

En cherchant dans les divers coins de la cabane on trouva trois sacs d'argent, sur l'un desquels étaient écris ces mots : *Dot de l'épouse de mon fils Charles ;* sur un autre : *pour la dame à qui la bague de rubis ira bien,* et sur le troisième : *Pour la bonne fille d'un pauvre veuf aliéné.* Tous ces sacs furent serrés avec le plus grand soin, dès que Mathilde et madame Cœur-Libre se trouvèrent de retour à la maison de cette dernière.

Mathilde était d'un si excellent caractère qu'elle se fit des amis de tout le monde et, comme elle apprenait facilement tout ce qu'on lui enseignait, elle fut introduite dans la meilleure société.

Madame Cœur-Libre rendait tous les ans une visite à un respectable ami et à son épouse, qui habitaient à sept milles de là.

Il y avait déjà sept mois que Mathilde vivait chez son aimable protectrice. Durant ce laps de temps elle avait exprimé souvent la crainte que son séjour ne devînt à charge ou ennuyeux à son hôtesse; mais cette appréhension n'avait servi qu'à la faire retenir plus longtemps, car madame Cœur-Libre était enchantée de sa jeune amie.

Enfin arriva le jour attendu avec tant d'impatience, où madame Cœur-Libre devait, comme nous l'avons dit, se rendre chez ses amis : c'était en un lieu appelé *Plaisance*. Il était impossible, en effet, de trouver un séjour plus délicieux : les fruits, les fleurs, les ruisseaux, les promenades, tout embellissait ce lieu enchanteur.

Ces dames furent introduites auprès de monsieur et de madame Hoffman, au moment où ces derniers était assis dans un beau pavillon du jardin. Madame Cœur-Libre et Mathilde furent accueillies avec la plus franche cordialité; mais les regards de la jeune fille se fixèrent bientôt sur les traits de la dame de céans; et, malgré son obligeant accueil, elle demeura dans un éta[1] constant de préoccupation, ne doutant pas qu'elle eût déjà vu ses traits.

La nuit étant venue, on envoya chercher Mathilde, pour qu'elle se présentât à madame Hoffman dans son boudoir; mais alors elle pensa tomber sans connaissance, lorsqu'elle vit madame Andry assise sur une chaise, vêtue du même habillement qu'autrefois.

« Ne vous effrayez pas, chère petite, dit aussitôt madame Hoffman; la dame Andry et madame Hoffman ne sont qu'une seule et même personne. Je me suis déguisée pour éprouver votre cœur, et n'ai fait que quitter la chaumière pour retourner chez moi. D'après l'excellent récit que m'a fait depuis mon amie, madame Cœur-Libre, de votre conduite, vous n'aurez rien à regretter. Regardez-vous désormais ici comme chez vous. Sous un mois environ, mon fils sera de retour d'un voyage qu'il fait en ce moment en Écosse; si lui et son père vous voient du même œil que moi, je considérerai qu'il ne vous manque rien, sinon la richesse. »

Mathilde s'inclina et baisa respectueusement la main de madame Hoffman.

Un autre mystère se dévoila presqu'aussitôt : l'étranger qui était passé à la chaumière était M. Hoffman. Alors, Mathilde pria qu'il lui fût permis de restituer les trois sacs d'argent qu'on avait trouvés dans la chaumière. M. Hoffman s'y refusa très-positivement, attendu qu'il appartenait à madame Cœur-Libre seule d'en disposer aux conditions des étiquettes.

Sur ces entrefaites, le jeune Charles Hoffman revint d'Ecosse ; il vit Mathilde, se trouva épris de sa beauté, de ses grâces, de son esprit, de son bon cœur, et cette affection ne fit que s'accroître chaque jour ; enfin, un beau jour, avec l'approbation de ses parents, il déclara son intention de faire de Mathilde son épouse, lorsqu'ils le jugeraient à propos.

Après qu'on eût signé un contrat fixant le mariage à pareil jour, dans deux ans, vu qu'on jugeait les deux futurs encore trop jeunes, on consacra un jour entier à des réjouissances pour célébrer cet événement.

Ce fut alors que madame Cœur-Libre remit les sacs d'argent entre les mains de Mathilde, en disant : « Vous êtes l'épouse du choix de Charles, c'est pourquoi ce sac est à vous ; vous cherchez un père perdu et errant, c'est pourquoi cet autre sac est à vous, et maintenant voici la bague de rubis trouvée dans la boîte d'ivoire : si elle vous va, ce sac est encore à vous. »

Mathilde essaya la bague ; elle lui allait à merveille. L'idée de la bonté de Dieu remplissait toute son âme, pénétrée en même temps de reconnaissance pour ses excellents protecteurs. Prenant les sacs d'argent, elle les remit aux mains de madame Cœur-Libre, et donna la bague à Charles, pour la garder jusqu'au jour des noces.

Et quand fut venu enfin le jour où Mathilde devait aller rejoindre ses sœurs, elle se mit en route, comme il était convenu.

HISTOIRE DE SOPHIE

Sophie, le cœur navré, prit congé de ses sœurs et les embrassa toutes avec la plus vive tendresse. C'était un nouveau monde que celui où elle allait entrer. Elle se mit à retourner d'abord en tous sens sa couronne en marchant; puis, elle finit par la mettre dans sa poche. Quand elle eut ainsi fait environ trois milles, elle s'arrêta pour acheter quelques gâteaux et demander à tous les passants s'ils avaient vu, sur cette route, quelqu'un qui ressemblât à son père. On ne lui donna aucun renseignement satisfaisant. Elle achevait de manger son dernier gâteau, lorsqu'en fouillant dans sa poche pour payer sa dépense, elle s'aperçut qu'elle n'avait plus sa pièce d'argent, elle était tombée par un trou qui existait à sa poche gauche, ce que la malheureuse enfant avait totalement oublié. Le marchand, fort courroucé, ne la crut pas : il l'accusa d'avoir eu l'intention de le tromper, mais Sophie se disculpa avec un tel accent de vérité, que celui-ci consentit à la laisser partir.

Il était question maintenant pour Sophie de revenir sur la trace de presque tous les pas qu'elle avait faits ; mais elle ne put retrouver son petit trésor. Désespérée de son malheur, elle s'écarta du grand chemin pour cueillir quelques mûres, et vit un vieil ermite assis drès d'une jolie cascade. Il tenait à la main quelques papiers cachetés qui, disait-il, contenaient un moyen assuré de devenir sage et riche.

« Ah ! dit Sophie, j'en aurais bien acheté une de vos recettes, mais j'ai perdu l'argent que je possédais en venant ici.

— Eh bien ! reprit l'ermite, je vous en donnerai pour le remplacer : l'argent ne me sert qu'à faire du bien. »

En disant ces mots, il tendit à Sophie la propre couronne qu'elle avait perdue. Après avoir bien remercié l'ermite, la jeune fille le pria, à son tour, d'accepter un schilling pour le paquet qui devait opérer de si grandes merveilles en sa faveur.

Une fois qu'elle eût pris congé de l'ermite, elle s'assit sur la première pierre venue et s'empressa d'ouvrir son paquet, croyant y trouver de l'argent; elle n'y vit que ces mots :

« Prenez garde à qui vous parlez. La richesse et la sagesse sont dans la vertu ; possédez-la et personne ne pourra vous nuire. »

Sophie se trouva un peu déconcertée de ces sentences; elle se dit dans un premier accès d'humeur : beau trésor que cela, vraiment ! je connais déjà ces maximes, je les ai lues quelque part. Puis elle retomba rêveuse, en songeant à la position critique où elle se trouvait.

Tout-à-coup une jeune fille vient à elle, et lui demande si elle veut gagner quelques pennys, en lui donnant un coup de main pour transporter divers objets dans une chaumière voisine. Sophie y consent. Dès ce moment s'engage entre elle et l'inconnue une conversation dans laquelle Sophie apprend que sa jeune compagne, qui se nommait Panza, avait aussi parlé à l'ermite ; que celui-ci lui avait également offert un de ses papiers ; mais, le voyant infirme et dans l'impossibilité de courir après elle, Panza le lui avait arraché des mains et avait pris soudain la fuite : ce qu'elle appelait une bonne plaisanterie. Sophie blâma fort cette vilaine action ; mais Panza ne fit qu'en rire, lui donna le papier à lire. Voici ce qu'il contenait : « Les actions déshonnêtes conduisent à la misère, avant-coureur d'une fin tragique. »

« Beau galimatias ! s'écria Panza ; mais, voyons, nous allons faire un tour de promenade ensemble, et nous passerons une journée agréable à la foire du village voisin.

— Fort bien, reprit Sophie ; mais il nous faudrait de l'argent pour pouvoir en dépenser et je n'en ai point.

— Ne vous inquiétez pas, répliqua Panza, je vais vous en procurer. »

Après avoir parcouru ensemble la foire, Panza plaça Sophie dans un coin, et s'en alla, puis bientôt elle fut de retour avec une petite boîte qu'elle lui mit dans la main, boîte étrange, boîte de verre qu'elle lui dit de garder en l'attendant. Une seconde fois, Panza reparut avec un petit paquet sous le bras, mais en même temps, ce cri *au voleur!* retentit derrière elle, et plusieurs personnes semblaient être à sa poursuite.

Sophie, épouvantée à ces cris, à ce bruit de monde, et craignant d'être compromise par cette indigne voleuse, s'enfuit bien vite toute tremblante vers un sentier qui la conduisit dans la forêt. Elle y fut bientôt à l'abri de toute atteinte; elle n'en courait pas moins, toujours croyant entendre, à chaque instant, quelqu'un marcher sur ses pas.

Enfin, épuisée de fatigue, elle s'assit sous un vieux chêne; mais, comme elle n'avait pas le courage de retourner à la foire, elle se mit à errer, sa boîte de verre sous le bras, de côté et d'autre en pleurant; à la fin, le dépit et le découragement s'emparant d'elle, elle frappa du pied la terre.

Soudain une trappe s'ouvre sous ses pas; un homme vêtu de noir, le visage couvert d'un masque de cuivre, apparaît à sa vue, et s'avance vers elle. Sophie pousse un cri de frayeur; mais sans lui donner le temps de se reconnaître, cet homme l'enveloppe de son manteau, la prend dans ses bras et s'abîme sous terre avec elle.

Une indicible terreur s'était emparée de Sophie; elle se regarda comme perdue. Une fois descendue dans cet abîme, on lui demanda ce qu'elle était venue faire en cet endroit, et ce qu'elle portait dans la cassette qu'elle avait sous son bras. Sophie raconta en pleurant tout ce qui lui était arrivé. L'homme qui l'interrogeait lui répondit alors d'une voix rude : « Nous sommes placés ici comme gardiens de la forêt, pour arrêter les voleurs et les vagabonds. Vous avez pris ce que probablement un autre avait volé : la première chose que nous ferons sera donc de faire tambouriner cette cassette dans le village ; quand le propriétaire sera retrouvé, nous vous livrerons à lui ; jusque là, pour votre punition vous ferez pénitence ici, et vous y resterez tant que rien n'aura été décidé sur votre sort. »

Une particularité bien étrange de cette cassette, c'est que personne ne pouvait l'ouvrir : elle était faite de verre et n'avait aucune ouverture apparente ; elle contenait à son intérieur quelques papiers ; mais on ne pouvait les extraire sans la briser.

Trois mois s'étaient écoulés ainsi pour la malheureuse Sophie, pendant lesquels, chaque jour, elle était condamnée à quelque ouvrage grossier ou rude châtiment : c'était à en mourir, lorsqu'un jour le chef de cette habitation souterraine tomba malade ; on fit appeler l'ermite pour lui administrer des secours. Dès que celui-ci fut introduit dans la sombre demeure, il reconnut Sophie, qui lui conta la faute dont elle s'était rendue coupable, et lui demanda conseil. Dès qu'elle eût achevé son récit, l'ermite demanda à voir la cassette ; il l'examina, y lut l'adresse du comte Reybaz. A cette vue, il tomba dans une extase de joie, embrassa Sophie, l'appela son sauveur, son ange tutélaire, lui dit qu'elle lui avait rendu la vie et la liberté. Puis, au moyen d'une pierre magnétique il fit jouer un ressort de la cassette, laissant à découvert une clef pour ouvrir la boîte, laquelle renfermait un morceau de parchemin contenant l'ordre de sa réhabilitation dans ses biens et un pardon absolu. Il avait été noble de l'empire, mais on l'avait banni ; il s'était déterminé à vivre déguisé en ermite dans le pays de Galles, jusqu'à l'époque où l'un de ses amis pourrait obtenir son pardon. Ce dernier l'avait prévenu de la manière dont il lui enverrait l'ordonnance de réhabilitation, et lui avait donné la clef magnétique, qui seule pouvait ouvrir la boîte. Il avait envoyé d'Allemagne cette boîte par un domestique qui en la montrant sur sa route comme une curiosité, l'avait en dernier lieu exposée aux yeux des voleurs alertes qui la lui avaient dérobée et remise à Panza.

Comme il n'y avait plus de motif pour retenir Sophie prisonnière dans cet affreux séjour, l'ermite, redevenu grand seigneur, se retira dans un château voisin, y emmena la jeune fille et la confia aux soins d'une gouvernante, pour prendre soin d'elle, et faire son éducation.

Sophie n'oublia jamais la leçon que lui avait donné l'ermite. Estimant tous les jours davantage son bienfaiteur, Sophie fut de plus en plus heureuse. Chaque mois, le comte Reybaz doubla sa couronne, et, quand le jour de son départ fut venu, il lui fit présent de la petite boîte magique, et, qui plus est, la remplit d'or, afin de la mettre en position de secourir ses sœurs. Après quoi, il lui souhaita un bon voyage.

HISTOIRE DE CAROLINE

Cette aimable enfant, pénétrée qu'elle était de ses devoirs envers Dieu, envers ses parents, était la plus raisonnable des sept sœurs. Elle implora donc avec ferveur, du ciel, le recouvrement de la raison de son malheureux père.

Caroline avait déjà marché une grande partie de la journée, et n'avait acheté, pour se soutenir un peu, que des pommes et du pain d'épices; enfin, elle prit un chemin de traverse qui la conduisit dans un joli cimetière du village. Des tombeaux entourés de saules indiquaient les lieux de repos des personnes décédées : de distance en distance une pierre orgueillense levait la tête pour apprendre aux vivants qu'il fallait que les plus grands rentrassent dans la poussière. Là, on voyait une tombe élevée par la piété filiale ; ici une autre à l'amour conjugal ; plus loin, par l'amour maternel.

Ce qui attira plus particulièrement l'attention de Caroline, ce fut l'inscription d'un monument érigé par un fils inconsolable à un tendre père qui, par suite des malheurs éprouvés, était mort aliéné : cette situation était la sienne. Préoccupée qu'elle était de la pensée qu'elle aurait à payer le même tribut à la mémoire de son père, à quelque époque qu'il plût à Dieu de l'appeler à remplir ce devoir, d'abondantes larmes coulèrent de ses yeux. Absorbée qu'elle était, elle ne s'aperçut pas de l'approche d'un monsieur d'une physionomie douce, qui lui demanda pourquoi elle pleurait.

« Ah ! monsieur, répartit ingénûment Caroline, il doit avoir été un bon fils celui qui a élevé la tombe que voici ; je pleure d'attendrissement. Connaîtriez-vous cette famille ? elle porte le nom de Richard. — Oui, mademoiselle, reprit l'inconnu ; le fils a placé là cette épitaphe pour honorer son père. »

La conversation s'étant ensuite engagée, l'inconnu apprit bientôt que Caroline était destinée à chercher fortune pendant une année, à la recherche de son père ; il la pria de venir passer quelques jours auprès de sa femme : ce qu'elle accepta avec reconnaissance.

Il y avait déjà quelques instants qu'ils étaient entrés dans la maison et qu'on était à table pour souper, lorsque Caroline entendit appeler le maître de céans du nom de Richard : ce qui la rendit confuse, car, il lui vint aussitôt à l'idée que le fils pieux auquel elle avait innocemment donné des louanges était précisément le maître de la maison où elle se trouvait ; elle fut bientôt confirmée dans cette persuasion par l'entretien qui eut lieu à table et qui roula sur le devoir des enfants envers les parents, et sur la récompense qui attend la piété filiale dans ce monde et dans l'autre. La soirée se passa de la manière la plus touchante ; après les prières, on alla se coucher.

Le matin, Caroline fut la première à remplir ses devoirs d'actions de grâces pour l'heureuse nuit qu'elle venait de passer ; elle se montra si empressée auprès des petites filles Richard, qui étaient à peu près de son âge, que celles-ci la prirent en affection.

Quand le dimanche fut venu, le maintien de Caroline à l'église fut remarquée par un grand nombre de personnes ; les sons mélodieux de sa voix charmèrent autant par leur douceur que par leur éclat.

Ce soir-là il y avait un nombreux convoi funèbre dans les caveaux de l'église ; Caroline s'était jointe au cortége, elle marchait le long des corridors en lisant toutes les inscriptions ; sa préoccupation devint si grande même qu'elle ne s'aperçut pas que tout le monde s'était retiré.

Elle venait d'achever pieusement une dernière prière ; elle se retourne, plus personne ; elle court à toutes les grilles, elle se trouvait enfermée ; en vain elle pousse des cris, appelle à son secours, on ne l'entend pas... et partout ce sont les emblêmes de la mort : elle sent naître alors dans son cœur cette terreur insurmontable dont ne sont pas même exempts les esprits les plus forts, lorsqu'ils se voient entourés de morts et de tombes.

Caroline cependant avait trop de bons sens pour croire aux revenants, trop de courage pour craindre des apparitions, bien que sa position fût des plus terribles. Quand elle parlait, sa voix retentissait sourdement sous les arceaux ; marchait-elle, l'écho de ses pas lui faisait croire que d'autres pieds s'avançaient. Il fut même un moment où une paire d'yeux enflammés se fixèrent sur elle, ils avançaient à mesure qu'elle reculait, et ils étaient suivis d'une autre paire d'yeux encore plus gros et plus éclatants. Sa terreur était devenue inexprimable (et quelle autre à la place de Caroline n'eût éprouvé le même effroi), car elle ne pouvait se rendre compte de cette épouvantable singularité, lorsque des miaulements vinrent tout-à-coup lui révéler cet étrange mystère. C'étaient des chats qui l'avaient si fort effrayée.

Il s'en fallait alors de plusieurs heures que le point du jour parût. La cloche de l'église avait déjà sonné tour à tour dix heures, onze heures, minuit, une heure. Tout à coup elle entend ouvrir la porte grillée qui ouvrait sur les tombeaux ; elle voit deux lanternes sourdes descendre l'escalier ; chacune d'elle est portée par un homme. Voilà cette fois, pour Caroline, une cause de terreur bien réelle ; il est évident que ces misérables viennent pour dépouiller des tombes.

Caroline se réfugia vite en un coin jusqu'à ce qu'ils fussent passés; ces hommes, qui étaient masqués, la glaçaient d'épouvante; il se mirent bientôt en devoir de découvrir le tombeau où l'ensevelissement venait d'avoir lieu ; après quoi ils sortirent du cercueil le corps, qui, selon le bruit qui en avait couru, avait été enterré avec des bijoux précieux et des bagues de prix.

Ils étaient absorbés tout entiers dans leur infâme sacrilége, lorsque Caroline vint à penser que, si elle pouviat gagner la porte grillée par laquelle ils étaient entrés, non-seulement elle pourrait s'échapper, mais encore donner l'éveil au village et faire prendre ces misérables en-flagrant délit.

Elle était donc parvenue, avec bien des précautions, à franchir une partie des souterrains, quand soudain, alors qu'elle fuyait, quelque chose retint sa robe dans l'obscurité et l'arrêta violemment; c'était un crochet fixé à la muraille ; mais Caroline n'avait pu se rendre compte de cet obstacle imprévu et sa terreur fut si grande qu'elle en tomba à la renverse.

A ce bruit inattendu, l'alarme s'empara des deux brigands. L'un d'eux, se mettant à courir, tomba sur Caroline, dont il se saisit aussitôt ; il la traîna vers son camarade. Etendue à terre, à demi-morte de frayeur, l'infortunée jeune fille les entendit délibérer sur ce qu'ils en feraient. Le plus vieux des deux était d'avis de la tuer, puis de la jeter dans le caveau ; mais le plus jeune et le plus cruel en même temps voulait, lui, qu'elle fut impitoyablement enterrée toute vive. Le premier brigand se rangea à son avis, et tel était le sort dont la pauvre Caroline était menacée.

En vain la malheureuse enfant, fondant en larmes, employa-t-elle les plus touchantes supplications, se traînant à deux genoux aux pieds de ses bourreaux, elle fut poussée dans l'affreux caveau, elle se cramponna tellement à l'habit d'un des voleurs, qu'elle lui en arracha une partie, avant qu'il pût se débarrasser de ses mains. L'ayant enfermée avec le mort, ils partirent.

La famille de M. Richard était cruellement consternée de la disparition subite de cette jeune fille : elle promit une récompense à quiconque pourrait fournir les moyens de la découvrir. Cette offre séduisit l'un des brigands ; tant par remords que par l'appât de la récompense : il résolut de la sauver. Il revint dans la nuit même au souterrain, ouvrit le caveau, en sortit Caroline au moment même où l'infortunée allait mourir étouffée. Lui ayant bandé les yeux, il la prit dans ses bras et la transporta, à quelque distance du village, en un lieu désert où il la déposa.

Se trouvant seule, Caroline, écarta le bandeau qui lui masquait les yeux ; épuisée qu'elle était de faim et de malaise, elle se traîna péniblement jusqu'à la seule chaumière qui s'offrit à ses regards pour y chercher des secours. La femme qui habitait cette chaumière lui fit très-bon accueil, lui donna quelque chose à prendre et la mit au lit. Ensuite cette femme alla chez M. Richard et lui réclama la récompense promise.

M. Richard vola aussitôt à la chaumière ; embrassa la pauvre Caroline et l'emmena chez lui, où elle fut entièrement remise au bout de quelques jours. La femme reçut la récompense ; ce n'était rien moins que la femme du voleur.

Tous les villageois furent frappés d'horreur à la conduite monstrueuse de ces scélérats, et la famille de la défunte offrit à son tour une forte somme d'argent à qui les découvrirait.

Après avoir passé quelques mois chez M. Richard, Caroline alla rendre visite, avec les filles de son protecteur, à un jeune gentilhomme des environs. Celui-ci avait eu besoin d'un jardinier et d'une jardinière ; un homme et une femme s'étaient présentés ; on les avait retenus en cette qualité. Il y avait environ trois semaines déjà qu'ils exerçaient cet emploi, lorsqu'un jour le jardinier laissa sa jaquette dans le jardin ; précisément Caroline s'y promenait en ce moment-là même ; elle remarqua un morceau qui en était déchiré et qui se rapportait, suivant elle, au morceau de jaquette qu'elle avait arraché, lorsqu'on la poussait dans le caveau. Le bouton de ce morceau se raccordait aussi avec les autres ; elle ne douta plus un instant que cet homme ne fût un de ses assassins. Caroline fit aussitôt part de ses soupçons à la famille Richard ; le caveau fut visité, le morceau trouvé, et l'homme arrêté. Il fut aussitôt conduit au caveau ; là, on lui dit de jurer sur le cercueil de la défunte qu'il n'avait aucune connaissance de la profanation. Le misérable nia d'abord effrontément ; mais lorsqu'on lui eût prouvé que le morceau de sa jaquette s'adaptait exactement à son vêtement, il supplia qu'on lui fît grâce, promettant de révéler le nom de son complice. Celui-ci se nommait Sixton ; sa maison fut visitée ; on y trouva quelques-uns des riches vêtements et des joyaux de la défunte. Les deux brigands furent jugés et condamnés à mort.

La famille de la dame voulut que la récompense promise fut convertie en présent pour Caroline, que sa présence d'esprit avait si bien soutenue au milieu d'une si épouvantable épreuve.

Lorsque Caroline retourna chez M. Richard, celui-ci désira savoir ce qu'elle voulait faire de sa récompense : « Ah ! je vous la laisserai, mon bon monsieur, dit Caroline ; vous avez été si bienveillant pour moi ! — Si votre père venait à reparaître, cet argent lui serait bien nécessaire ; nous le mettrons de côté pour votre utilité et pour votre instruction, s'il vient à ne pas en avoir besoin. »

Peu de temps après, Caroline fut placée dans

un petit pensionnat, jusqu'au jour où elle devait rejoindre ses sœurs, et, ce jour-là, elle partit, les poches remplies de présents, pour se trouver au rendez-vous, et, ce qui valait mieux encore, assurée de l'amitié de ses hôtes. Elle était dans une belle voiture, accompagnée d'un domestique du bon M. Richard, qui, pour dernier adieu, lui avait fait promettre de revenir chez lui dès qu'elle le jugerait à propos.

HISTOIRE DE BETZY

Betzi quitta le Cruel-Château, le cœur brisé, demandant tout le long du chemin, au ciel, la grâce de retrouver son père. Elle marcha tant et tant qu'elle fut obligée de monter sur une charrette qu'elle trouva à la porte d'une hôtellerie. Une pauvre enfant environ de son âge s'y trouvait blottie déjà ; elles lièrent bientôt conversation.

Betzi ne tarda pas à savoir que cette enfant allait chercher fortune aussi bien qu'elle-même.

« Ma mère, dit la jeune étrangère, est trop pauvre pour garder avec elle quatre petits enfants, et, en même temps, si malade qu'elle ne peut travailler. Mon père vient de mourir à la suite d'une chute, et je crains bien de n'avoir bientôt plus de mère.

Ce récit fit venir des larmes aux yeux de Betzi dont la situation était à peu près la même.

Lorsque les deux petites filles furent arrivées à un gros bourg, elles descendirent de la charrette et se rendirent dans plusieurs grandes maisons pour demander de l'emploi; mais la plupart des personnes auxquelles elles offraient leurs services avaient leurs domestiques; toutes objectaient d'ailleurs qu'elles étaient trop jeunes; il en fut même qui les grondèrent sévèrement d'avoir quitté la maison paternelle. Les pauvres enfants avaient beau raconter alors les malheurs qui les accablaient, le plus souvent on ne les croyait pas, on leur tournait le dos.

La nuit arriva; elle fut très-obscure : le ciel était couvert d'épais nuages ; elles n'avaient pas encore de gîte; en sorte qu'elles prirent la résolution de monter dans la charrette qui les avait amenées pour y passer la nuit. C'est ce qu'elles se mettaient en devoir de faire, quand le voiturier, d'un ton brusque et dur, les en empêcha : « Tout doux, tout doux, mes belles demoiselles, on ne couche pas ainsi dans ma voiture. Peste !

c'est bien assez vraiment de vous avoir brouettées gratis toute la journée; j'en ai assez de vous, gagnez au large, ou sinon voyez s'il n'y a point dans cette hôtellerie un coin dans l'écurie, près de mes chevaux, où l'on veuille vous recevoir. »

Betzi, sans se plaindre, mais sans rien répondre à ce vilain homme, s'adressa à l'hôtellier pour lui demander un gîte, quelque petit qu'il fût, pour elle et sa compagne.

« Je n'ai, répondit celui-ci, de disponible en ce moment qu'un petit coin dans mon cellier; vous y serez toutes deux à merveille; j'y ferai mettre de la paille fraîche : on couche bien sur la paille. »

En effet, Betzi et Phœbé (c'était le nom de l'autre petite fille), s'installèrent dans une espèce de trou obscur, infect, humide, qui avoisinait l'écurie, et dans lequel on avait étalé, pour elles, une chétive botte de paille. Certes, on n'eût pu jamais deviner que pareil lieu recélât deux pauvres créatures humaines...

On comprend du reste que nos deux enfants se trouvèrent là fort mal à l'aise, et que le sommeil eut beaucoup de peine à gagner leurs paupières. Elles étaient là, depuis deux heures environ, sans avoir encore pu fermer l'œil, se tenant étroitement embrassées, sans souffler mot, tant elles avaient peur, quand des pas furtifs d'homme se firent soudain entendre près de la porte du cellier; puis, ce furent des chuchottements.

Cette circonstance extraordinaire éveilla vivement l'attention de Betzi ; elle se mit sur son séant pour chercher à saisir, à la dérobée, quelques mots de cet entretien mystérieux, en recommandant à Phœbé de ne pas bouger.

Quel ne fut pas l'effroi des deux enfants, quand elles reconnurent à ne pas s'y tromper qu'il s'agissait d'un horrible complot contre la fortune et la vie d'un monsieur riche et âgé, qui demeurait à plus de trois milles du village; elles distinguaient parfaitement deux voix différentes. L'une d'elles insistait pour que l'exécution du crime eût lieu à l'instant même ; l'autre, au contraire, la différait à la nuit suivante; enfin, ce dernier avis prévalut. Une fois ce colloque fini, ces hommes s'éloignèrent, et ce fut très-heureux pour nos deux enfants, car si cette scène eût duré plus longtemps elles se fussent inévitablement trouvées mal; elles s'étaient tenues coites comme de petites souris.

Une fois ces misérables partis, Phœbé, sans autre réflexion, fut d'avis de prendre la fuite; mais Betzi lui dit: « Non, non, la perversité de ces hommes peut tourner à notre avantage; nous pouvons nous rendre service à nous-mêmes et empêcher l'exécution du crime qu'on médite. »

Le jour venu, elles quittèrent en toute hâte l'horrible trou où on les avait confinées, et allèrent s'informer du vieux monsieur qui séjournait dans la commune; mais au milieu d'une espèce de solitude.

Ces renseignements obtenus, Phœbé, sous un prétexte frivole, prit aussitôt congé de Betzi. Et savez-vous ce qu'avait prémédité l'artificieuse petite fille, c'était de se présenter seule chez le vieux monsieur, de lui révéler la première l'affreux complot tramé contre lui, afin de garder pour elle seule la récompense que devait mériter assurément une confidence aussi importante.

Betzi, dupe du prétexte qu'avait pris Phœbé pour la quitter et ne la voyant pas revenir, fut naturellement très-inquiète, et, conséquemment, pensant qu'un accident lui était survenu, elle passa un temps infini à la chercher de toutes parts.

Sur ces entrefaites, Phœbé s'était déjà présentée à la porte de la maison du monsieur en question ; elle avait demandé à lui parler : ce dont les domestiques se souciaient fort peu ; pourtant elle mit tant d'insistance à pénétrer jusqu'à lui, prétendant qu'elle avait les choses les plus importantes à lui révéler, qu'enfin on l'admit en sa présence. Alors Phœbé raconta au vieux monsieur qui était à la fois très-avare et fort défiant, toutes les circonstances de la scène de nuit et du complot infâme tramé contre lui; mais ce vieillard n'ajouta aucune foi au récit, et, bien loin de faire donner à Phœbé la moindre récompense, il la fit chasser honteusement de chez lui, comme un mendiant.

Un peu plus d'une heure après, arriva la pauvre Betzi, qui, sans défiance aucune de la visite qui l'avait précédée, vint faire au vieux monsieur un récit en tout point semblable. Celui-ci, de plus en plus fatigué de toutes les sornettes qu'on venait ainsi lui conter, et se croyant le jouet d'un tas de mendiants qui prenaient ainsi des voies détournées pour lui arracher quelque aumône, reçut très-mal encore la pauvre Betzi.

A peine la pauvre enfant avait-elle achevé son récit, du ton le plus candide, que cet homme brutal la gratifia de cette rude apostrophe : « Comment vous nomme-t-on, mademoiselle ?

— Betzi, mon bon monsieur.

— Ah ! ah ! et quel âge avez-vous ?

— Bientôt treize ans.

— Eh bien ! le bon monsieur vous prévient, mademoiselle, qu'il va donner l'ordre de vous faire enfermer, jusqu'à l'âge de seize ans, dans une maison de correction.

— Grands dieux ! s'écria Betzi épouvantée.

Et cet homme, sans avoir même eu l'air de remarquer le geste d'effroi de la pauvre enfant, poursuivit froidement ainsi : « Pour vous apprendre à vous présenter ainsi effrontément dans des maisons respectables...

— Ah ! monsieur, qu'osez-vous dire ? répliqua Betzi, avec l'accent d'une noble fierté... Eh ! quoi ! vous mettez en doute la vérité de la révélation que je suis venue vous faire ; vous me taxez de menteuse, de mendiante. Vous êtes un homme cruel, injuste, et Dieu vous punira.

—Qu'est-ce à dire, petite impudente ! vous me faites des menaces, et chez moi, reprit M. Orphan (c'était le nom du vieux monsieur); savez-vous bien que je vais vous faire jeter à la porte !

— Vous le pouvez, je me soumets à cette humiliation ; mais rappelez-vous bien que vous vous repentirez tout le premier, dès demain, de m'avoir si indignement traitée, car, malgré vos cruels soupçons, je veux que vous me deviez votre salut. »

Et, après avoir dit ces mots, elle prit congé du vieillard, qui demeura un instant interdit et la laissa partir sans lui répondre. Quant aux valets, ils la reconduisirent jusqu'à la porte en accompagnant sa sortie de railleries et d'injures.

Tout émue de la scène terrible qui venait de se passer, et dont elle était, en partie, redevable à la duplicité de Phœbé, Betzi ne savait plus trop quel parti prendre ; elle s'arrêta à la pensée de se rendre à la maison des pauvres pour y demander asile et protection pour la nuit.

Chemin faisant, elle s'adressa à un bûcheron pour lui demander l'adresse de la salle d'asile qu'elle cherchait, en ajoutant qu'elle sortait de chez M. Orphan, qui avait eu l'inhumanité de la mettre à la porte, en échange d'un éminent service qu'elle était venu lui rendre.

Au nom de M. Orphan, l'œil du bûcheron s'enflamma ; il pria Betzi d'entrer dans sa cabane, et lui apprit, à son tour, que cet homme était un méchant usurier qui, depuis un an, lui retenait ses salaires pour une dette qui n'était pas la sienne.

Betzi lui dit alors : Eh bien ! mon pauvre homme, une occasion se présente pour vous de rendre le bien pour le mal, » et elle lui raconta de point en point l'histoire des voleurs.

« S'il en est ainsi, reprit le bûcheron, laissez-moi faire ; je le sauverai de ce piége infâme ; mais, cette fois, je prendrai ma revanche. Restez ici ; moi, je vais au-devant de nos deux coquins, pour déjouer leur plan. »

Il partit aussitôt, se mit en embuscade autour de la maison ; les deux voleurs ne tardèrent pas à paraître. Il alla au-devant d'eux, leur déclara qu'elle connaissait leurs desseins, que leur projet était éventé, qu'on se tenait sur ses gardes au logis. Ces hommes ajoutèrent d'autant plus foi à cette dernière partie de la confidence du bûcheron, qu'en effet, il était instruit de leur plan, qu'ils avaient cependant tenu bien secret. Il finit par leur proposer d'être des leurs : alors ces trois hommes, se concertant sur de nouveaux frais, fixèrent leur expédition à un autre jour de a semaine suivante.

Le moment fatal venu, le bûcheron, qui avait instruit M. Orphan de tout ce qui s'était passé, se mit en embuscade chez lui, armé d'un fusil à deux coups, et tua les deux brigands au moment où, las d'attendre leur complice, ils se mettaient en devoir d'escalader les murs.

Pendant que tout ceci avait lieu, Betzi, qui s'était depuis quelques jours réfugiée dans la maison d'asile, était ramenée chez le vieux monsieur Orphan, par ses ordres. En la revoyant, cet homme la supplia de lui pardonner ses injustes soupçons, ses mauvais traitements; puis, interpellant le bûcheron : « Corsan, lui dit-il, vous et cette jeune fille m'avez sauvé la vie ; quelle récompense demandez-vous pour elle et pour vous? — Ah ! mon Dieu, peu de chose, reprit Corsan. — Je jure de vous l'accorder. — Eh bien ! répliqua le rusé bûcheron, je ne vous demande que trois verges cubes de terre dans votre jardin. » Ce qui fut accordé.

Au grand étonnement de l'usurier, quand le bûcheron fouilla les quelques pieds de terre qu'il avait choisis, on en tira des vases remplis d'or. Le bûcheron connaissait le trésor caché en cet endroit et le vieil Orphan l'ignorait. Il avait juré, il ne put se dédire.

Corsan partagea loyalement ses richesses avec Betzi, qui fut alors bien heureuse et contente, au moment où elle devait aller retrouver ses sœurs.

HISTOIRE DE ROSE

Rose était la sœur cadette, son nom offrait le véritable emblême de sa personne; elle était fraîche, jolie, pleine de la plus candide innocence. Elle marcha jusqu'à ce qu'elle fût fatiguée.

Un pauvre aveugle lui demanda le chemin de la première chaumière : « Ah ! dit Rose, le chemin conduit à cette colline là-bas; il y a là beaucoup de fondrières et de glaise. — Que vous donnerai-je pour que vous me conduisiez de ce côté, dit Barclay, l'aveugle. — Pas autre chose que votre main, répliqua Rose ; mais, mon brave homme, comment êtes-vous donc venu seul jusqu'ici ?

— Le petit garçon que j'avais retenu pour me

conduire m'a abandonné; je lui aurais cependant donné quelque chose pour sa peine.

— Tant mieux, répondit Rose, car j'en ferai tout autant pour rien.

— Très-bien, mon enfant, dit Barclay, à son tour; celui qui sert d'yeux aux aveugles et de pieds aux boiteux vous récompensera dans le monde à venir; et je puis être, en attendant, l'instrument de votre récompense dans celui-ci. »

Lorsqu'ils arrivèrent à la maison où demeurait le vieillard, celui-ci désira savoir l'histoire de Rose, et il en fut douloureusement touché. Des larmes coulèrent de ses yeux, quoiqu'ils fussent fermés à la lumière.

« Vous auriez besoin d'un souper et d'un lit pour ce soir; c'est ce que vous trouverez dans notre cabane.

— Voyons, ma chère femme, préparez un lit pour cette pauvre petite et mettez quelques beignets de plus dans la poële. Puisqu'elle n'a pas voulu être récompensée en argent, elle le sera en bonne chère; et, demain matin, elle me conduira auprès du vieillard de la grotte; elle verra là une foule de curiosités qui l'intéresseront beaucoup.

« — Hélas, mon bon monsieur, répondit Rose, il m'est bien plus possible de vous servir de guide partout où vous voudrez qu'il ne vous sera aisé de me garder chez vous, sans vous imposer de nombreuses privations.

« — Vous avez raison, mon enfant, reprit l'aveugle ; si l'un de nous était riche, vous ne me quitteriez pas. »

La conversation se poursuivit sur ce ton. Enfin, vint l'heure de se coucher, et Rose se mit au lit avec le cœur content d'avoir fait une bonne action ; elle en recevait la récompense. Elle pria surtout Dieu de veiller sur son pauvre père et sur ses bonnes sœurs.

Le lendemain matin, après qu'on eût déjeûné, le bon M. Barclay prit le petit bras de Rose, et se mit en route avec elle. Ils avaient fait environ trois milles, quand ils arrivèrent enfin à la grotte du vieillard dont l'aveugle lui avait parlé la veille ; ce séjour était celui du calme et de la solitude.

Les murs de cette grotte si curieuse étaient ornés de pierres et de coquillages de toutes les couleurs, disposés de manière à produire l'effet le plus étrange, la mosaïque la plus éblouissante. La croisée de cette grotte toute couverte de lierre, donnait sur un étang limpide qu'alimentait une belle cascade naturelle. Le saule, l'if et le cyprès étendaient de tous côtés leur feuillage sombre et mélancolique, tandis qu'un écho sourd renvoyait le bruit lointain de la cloche d'un couvent.

Ici Rose partagea une collation frugale que le maître de la grotte avait offerte à l'aveugle; puis elle eut la permission de courir dans les jardins. Elle se promenait tranquillement le long d'une allée d'arbres, lorsqu'elle fut soudain attirée de ce côté par les doux sons d'une flûte et d'une voix de femme; elle arriva bientôt près d'un berceau où un monsieur et une dame vêtus de noir, étaient assis.

Rose jeta furtivement ses regards dans le berceau; et elle allait se retirer précipitamment, quand la dame poussa un terrible cri en l'apercevant; le monsieur, hors de lui, se pencha vers elle pour la secourir.

« Puis-je aller chercher quelque chose pour être utile à madame, dit Rose.

— Non, répliqua le monsieur, non, mon enfant ; c'est votre vue seule qui a mis madame en cet état..., approchez-vous. Comment vous appelle-t-on ? d'où venez-vous ? que faites vous ici ? »

Rose s'approcha, et, du ton le plus candide, avoua le motif qui l'avait amenée à la grotte et raconta les malheurs de sa famille. La dame inconnue fondant en larmes, la prit par la main, la pressa contre son sein, puis s'écria : « Vous êtes le portrait vivant d'une enfant adorée que j'ai perdue, de ma chère Mathilde. A votre premier aspect il me sembla qu'elle était rendue à la vie, tant votre ressemblance est frappante. Puisque vous avez le malheur de n'avoir plus ni père ni mère, voulez-vous, mon enfant, venir demeurer avec moi ? je vous tiendrai lieu de mère, et vous me tiendrez lieu de fille... Eh ! bien, voulez-vous, ma petite Rose ?

— Oh ! madame, votre offre me comble de joie... Si je veux bien aller avec vous ! ah ! mais sans doute, tout de suite, répondit Rose avec un babil enfantin tout à fait gracieux... Ah ! cependant quand j'aurai d'abord ramené le pauvre et digne M. Barclay à sa demeure..., il est aveugle, il est mon bienfaiteur, je ne puis le laisser ici. — Soyez sans inquiétude, reprit la dame; nous le ramènerons chez lui, dans notre voiture. Mais, ma petite Rose, venez de ce côté ; suivez-moi. »

Rose suivit silencieusement la dame ; après quelques minutes de chemin, on arriva à une petite chapelle où se trouvait un beau monument, sur lequel se lisait cette inscription : « Consacré à la mémoire de Mathilde Linden, « tribut d'une mère inconsolable à une enfant « adorée. »

La chapelle était vide; son aspect imprimait le respect, et Rose se sentit défaillir. « Je vous ai dit, Rose, que je vous tiendrai lieu de mère, dit alors la dame en pleurs, et mon mari vous protégera. »

Rose fléchit les genoux et lui baisa la main.

Après avoir laissé un présent pour le vieillard de la grotte, M. et madame Linden prirent le digne aveugle dans leur voiture pour le ramener à sa chaumière.

Rose séjourna avec cette aimable famille jusqu'au jour où elle devait rejoindre ses sœurs.

Conclusion.

Les sept sœurs étant revenues au *Cruel Château* d'où elles étaient parties chacune de son côté, nous allons dire ce que fit la fée Terrible.

Aussi exacte que ses sept petites amies, au jour fixé elle envoya sept bidets conduits par autant de domestiques, au lieu convenu pour la réunion.

A midi, Anna et ses six sœurs étaient toutes présentes à l'appel, elles s'embrassèrent avec des transports de joie inexprimable.

Leur marche vers le château fut magnifique. Anna marchait en tête ; elle était suivie, par rang d'âge et de taille, de Lucy, Mathilde, Sophie, Caroline, Betzi et Rose. C'est ainsi que le cortège arriva aux grilles du *Cruel Château.*

La fée Terrible alla les embrasser toutes, une à une. Elle les réunit ensuite dans la grande salle où des rafraîchissements étaient préparés.

Assise dans un grand fauteuil élevé, la fée

écouta ensuite toutes leurs aventures et distribua ses louanges selon qu'elle les croyait méritées.

Le soir, on prépara un grand souper pour toute la compagnie dans la salle gothique. Une place d'honneur fut réservée au haut de la table pour la fée Terrible, qui tout à coup apparut à tous les yeux sous l'aspect le plus charmant. A l'autre bout de la table se trouvaient deux siéges cachés par un rideau de damas. Pendant la soirée la fée Terrible se plaignit aux sept jeunes filles qu'elles n'eussent eu, ni les unes ni les autres, de nouvelles de leur père ; elle leur demanda ce qu'elles feraient maintenant pour leur pauvre mère. A cette question, elles se mirent toutes à fondre en larmes.

Quand tout à coup le rideau se lève... Quel spectacle ravissant s'offre aux yeux des sept sœurs ivres de joie ? Leur père et leur mère, assis, vivants, et couverts des mêmes vêtements que le jour de la déplorable catastrophe. Père, mère, enfants de se précipiter, en pleurant, dans les bras les uns des autres.

Expliquons maintenant le mystère de cette espèce de résurrection. François Furrow, que la fée était parvenue à retrouver facilement, avait bientôt recouvré sa raison à la vue de sa femme, qui avait été secrètement transportée au *Cruel Château* ; car il faut se souvenir qu'il n'avait jamais été dit que madame Furrow eût réellement succombé à ses blessures.

Quant aux sept sœurs, voilà quel fut leur sort : Anna et son mari, après leur hymen, retournèrent vivre avec leur mère au sein de l'opulence. — Lucy demeura à la *Maison d'argent* jusqu'à son mariage avec le fils de M. Paisible. — Mathilde épousa Charles Hoffman au temps convenu. — Caroline retourna chez M. Richard, de même que Rose chez madame Linden. — Quant à Sophie et à Betzi, elles demeurèrent chez l'excellente fée Terrible.

L'histoire des sept sœurs nous prouve qu'au milieu des plus cruelles vicissitudes, la Providence réserve toujours une digne récompense à la piété filiale.

FIN.

LE PETIT
RAMONEUR

LE PETIT RAMONEUR

Dans une chaumière d'un village de la Savoie, la mère Jacques et ses deux petits enfants attendaient le retour de Jean, parti depuis bientôt cinq ans pour Paris. Un de ses camarades, de retour tout récemment, avait assuré que le petit ramoneur revenait dans ses montagnes. Chaque jour, la bonne femme disait en se réveillant : « C'est peut-être aujourd'hui que mon petit va venir, » et puis ses yeux se portaient à tous moments, avec anxiété, sur la grand'route.

« Ne vous tourmentez donc pas ainsi, lui répétaient chaque jour ses voisines ; faut de la patience, mère Jacques.

— C'est bon à dire, çà, répondait-elle ; mais si

le pauvre garçon était tombé malade en route! »

Un jour, elle alla trouver le camarade de Jean : « Ah! çà, dis-moi donc un peu, petit, notre garçon n'arrive toujours pas... Quand devait-il partir ?

— Quinze jours après moi, répondit celui-ci; à moins qu'il n'aille à bien petites journées, il devrait être ici.

— Il se portait bien quand tu l'as quitté, n'est-ce pas, André ?

— Oh ! je crois bien ; il ne craint pas la maladie, ce gaillard-là ; faut voir comme il est gros et fort ; vous ne le reconnaîtrez pas, j'en suis sûr, mère Jacques. Après çà, faut pas vous tourmenter, Jean n'est pas fainéant; il travaille peut-être tout le long du chemin pour ne rien dépenser en route...

— Au fait, tu as raison, » reprit la bonne femme. Et elle s'en retourna le cœur plus gai.

Quelques jours après, c'était la fête au village : la mère Jacques s'était levée de grand matin pour nettoyer à fond sa chaumière et faire de la galette à ses enfants. Ceux-ci la regardaient avec joie préparer la pâte. « Dis donc, mère, s'écrièrent tout à coup Louis et Marie, si tu faisais aussi la part de Jean; car enfin, s'il arrivait aujourd'hui ! »

La mère Jacques n'y comptait guère, et cependant, comme ce n'était pas tous les jours fête pour les enfants, elle consentit à faire la part de l'absent, sûre d'avance, comme elle l'était, qu'elle ne serait pas perdue ; mais elle dit à Louis : « On va sonner la grand'messe, allons, gourmand, dépêche-toi de partir ; les enfants de cœur sont déjà passés, M. le curé grondera. »

Un quart d'heure après, mère Jacques, soigneusement endimanchée, se rendait elle-même à l'église ; Marie resta seule au logis. En ce moment-là même, un gros et fort garçon, couvert de sueur et de poussière, entrait dans le village. Il traversa le pays sans que personne le vît, tout le monde étant à la messe. Quand il fut arrivé devant la chaumière de mère Jacques, il sentit son cœur s'agiter avec violence à la vue du rosier blanc qui en décorait le seuil, et du banc de pierre où tant de fois il s'était assis. Déposant à la porte le sac qu'il portait sur ses épaules, il entra et s'écria aussitôt :

« Tiens ! il n'y a personne ici ! »

La petite Marie était alors accroupie sous l'énorme cheminée, occupée à mettre dans la marmitte les choux pour faire la soupe : « Si fait, monsieur, reprit-elle, il y a quelqu'un. Me voilà.

— Ah ! ah ! mais la mère Jacques...

— Maman ! elle est à la grand'messe.

— C'est toi qu'est Marie, c'te petite qui n'était pas plus haute que ça ? fit Jean en montrant sa jambe.

— Tiens ! vous me connaissez donc ?

— Sans doute ; mais on n'attend donc personne, ici ?

— Au contraire, nous attendons depuis longtemps mon frère Jean, qui ne vient pas. »

En disant ces mots, Marie regardait l'inconnu en ouvrant de grands yeux ; et, le voyant sourire, elle ajouta : « Est-ce que vous seriez Jean, monsieur... mon frère, parti il y a cinq ans ?

— Eh ! oui, Marie, c'est moi qui suis ton frère... embrasse-moi... Et notre mère, quand reviendra-t-elle ?

— Oh ! je cours la chercher bien vîte ; elle sera si heureuse ! ah ! quelle joie ! quelle joie pour elle ! »

Jean la retint par une réflexion subite. « Non,

Marie, il est plus prudent de la préparer à mon retour ; je vais m'en aller, et quand elle rentrera, un voisin lui dira qu'on croit m'avoir vu traverser le village, et puis j'arriverai... Adieu, petite sœur. » Et il partit.

Peu après, la mère Jacques rentra. En voyant Marie sur la porte, elle lui dit : « Ah ! c'est comme ça que tu soignes la soupe, toi... » Celle-ci allait balbutier une excuse, quand le voisin Jérôme, passant devant la porte : « Dites donc, mère Jacques, voici de bonnes nouvelles... On vient d'apercevoir votre fils dans le village.

— Jean ! dans le village ! Oh ! mon Dieu ! qu'il vienne donc, qu'il arrive bien vîte, mon pauvre garçon ! »

Et comme elle allait à sa rencontre, Jean parut et se jeta dans ses bras.

Alors ce furent des pleurs et des embrassements à n'en plus finir entre la mère et les trois enfants.

« Mais c'est que je ne puis me lasser de te regarder, s'écriait mère Jacques avec explosion ; cinq ans entiers sans te voir... c'est si long !... Il y a un grand mois que nous t'attendons.

— Oh ! mère, c'est une histoire que je vous conterai plus tard, à la veillée ; j'ai bien manqué, allez, de perdre en un instant tout le fruit de mes pauvres épargnes ; mais c'est aujourd'hui fête au village, faut nous amuser !

— Je ne t'aurais pourtant pas reconnu, » répétait mère Jacques.

Au fait, quand il est parti, Jean n'était qu'un tout petit garçon ; maintenant c'est un jeune homme vigoureux, bien portant... et il avait quinze ans.

Toute la journée se passa gaiement ; et, le soir, quand les deux enfants furent couchés, Jean vida sa bourse sur le jupon de sa mère : « Voilà tout ce je possède ; qu'il en coûte à Paris pour avoir cet argent !

— Il faut le serrer bien soigneusement, mon garçon ; tiens, dans ce buffet là-bas. Et maintenant, tu dois être fatigué, il faut t'aller coucher. »

Et mère Jacques embrassa Jean sur ses deux grosses joues.

Le lendemain, Jean alla visiter ses camarades, et, quand vint le soir, quelques bons voisins se réunirent dans la chaumière, pour entendre le récit du *Petit Ramoneur*

« Je ne vous parlerai pas, leur dit-il, du chagrin que j'ai éprouvé en quittant ma bonne mère, notre cabane et mon village.

— Nous nous rappelons ce chagrin-là, interrompirent les assistants.

— Ah ! c'est dur à supporter, reprit Jean, surtout avec la fatigue de marcher, quelque temps qu'il fasse, pour arriver plus tôt. Sur les routes, il n'y a rien à gagner, et, dans les villages, pas grand'chose. J'avais beau montrer ma marmotte, chanter et danser, à peine si je recevais pour manger du pain. Heureux encore quand je trouvais une petite place dans une grange ou dans une étable pour y passer la nuit. Et c'était toujours à recommencer ainsi, chaque jour. Arrivé enfin à Paris, je fus ébloui de toutes les belles choses que j'y vis ; mais, dans cette grande ville, il y a peu d'âmes généreuses. Vous cherchez à amuser les passants, ils vous rient au nez et ne vous donnent rien. Je m'étais lié avec un petit *joueur de vielle* ; il allait coucher tous les soirs chez une bonne femme ; il m'y conduisit. Moyennant quelques sous, elle consentit aussi à me recevoir.

» Quelques mois s'étaient écoulés ainsi, quand cette brave femme, chez qui nous logions, vint à se casser la jambe en tombant sur la glace ; elle fut conduite à l'hospice, et moi je restai tout à coup sans asile ; mon petit camarade n'était plus alors à Paris. Ce jour-là même, il gelait à pierre fendre, les rues étaient désertes, je me morfondais en vain pour ne rien gagner ; heureusement il me restait quelques sous pour avoir du pain. Mais, le soir, qu'allais-je devenir seul, dans cette ville immense, où je ne connaissais plus personne ? Il faisait bien froid pour se résoudre à passer la nuit dans la rue ; je m'assis tristement sur un banc, car mes pieds étaient si engourdis par le froid qu'il m'était impossible de marcher. De loin en loin, quelques personnes, enveloppées dans d'énormes manteaux, passaient près de moi, mais pas une ne daignait jeter un regard de pitié au petit Savoyard. Pourtant je souffrais bien. Je vais mourir ici, me disais-je alors. Je me mis à pleurer en songeant que je ne reverrais plus ma pauvre mère ; mes sanglots attirèrent, à ce qu'il paraît, l'attention d'un homme qui passait de l'autre côté de la rue. L'inconnu s'approcha de moi ; il portait un gros sac sur ses épaules : « Qu'as-tu donc, petit, à pleurer si fort, et pourquoi restes-tu là, sur ce banc? tu veux donc y mourir de froid!

— Mon bon monsieur, répondis-je, je pleure parce que mes pieds sont glacés, que je ne puis plus marcher, et que je vais mourir bien loin de mon pays.

— Mourir ! un gros gaillard comme toi ! Allons, allons, un peu de courage ; lève-toi et viens. »

» En entendant ces mots, je fils mille efforts pour marcher; mais les souffrances que j'éprouvais me faisaient pousser des cris déchirants.

» Alors comme il voyait bien que je ne pouvais le suivre, le digne homme posa son sac à terre, me souleva par les deux bras, et, soutenant ainsi ma marche, me traîna, pour ainsi dire, jusque chez un marchand de vin tout prêt de là ; il m'y posa sur une chaise près d'un poêle, et me fit boire un bon verre de vin chaud pour me réchauffer ; puis il alla rechercher son sac. Quand il revint, j'étais déjà mieux, j'avais repris des forces au point de pouvoir répondre à ses questions. Il me demanda donc de quel pays j'étais, quel métier je faisais. Je lui contai toute mon aventure.

« Écoute, petit, me dit-il alors, je suis un vieux ramoneur, moi, et ça se voit du reste ; j'ai quelques années encore à travailler pour retourner au pays ; si tu veux, je t'apprendrai mon état, je serai ton bourgeois. »

» J'acceptai de grand cœur et devins l'apprenti du père François. C'était un homme juste et bon, avec lequel je fus vraiment heureux ; j'étais bien nourri, bien couché, et, chaque dimanche, il me donnait quelques petits sous pour m'amuser. Plus tard, quand je sus bien le métier, il me dit un jour : « Jean, mon ami, tu deviens grand, tu as besoin de gagner de l'argent ; je te donnerai désormais une part dans mes recettes. » En effet, chaque soir, il faisait le partage, et moi je mettais soigneusement de côté mes petites épargnes.

» Pauvre père François ! je l'aimais comme un père. Nous avons vécu ainsi quatre ans et demi ensemble, et je ne me rappelle, dans ce long espace de temps, ni une parole dure, ni un mauvais traitement de sa part.

» Un jour il me dit : « Jean, je suis bien vieux maintenant ; j'ai travaillé toute ma vie pour amasser un peu d'argent et me reposer un jour; je vais partir au pays et retrouver ma vieille sœur. Tu as un bon état entre les mains, mon garçon ; tu es actif, honnête ; tu réussiras comme a fait le père François. »

» Cette triste nouvelle me fit pleurer amèrement : « Je ne vous verrai donc plus, père François ? lui dis-je.

— Dam ! non, mon garçon ; mais tu penseras à moi, n'est-ce pas ? Tiens, pour te consoler un peu, va faire un tour au pays ; tu as quelques économies, porte-les à ta mère, puis tu reviendras.

— Vous avez raison, répondis-je, cela me donnera du courage. »

» Et quelques jours après, j'étais en route.

» Sur mon chemin, je fis rencontre d'un joueur d'orgue qui se rendait à Chambéry ; nous nous liâmes ; il me raconta son histoire, je lui dis la mienne, sans même lui cacher le but de mon voyage. Il y avait longtemps déjà que nous voyagions ainsi, quand un soir, nous aperçûmes de loin le clocher de Chambéry. Trop fatigués l'un et l'autre pour poursuivre notre route, nous entrâmes dans une auberge pour y passer la nuit. Mon camarade était fort gai ; j'attribuai sa joie au bonheur de revoir son pays ; cette joie, je la partageais. Il fit venir du vin et me força à en boire outre mesure ; j'étais étourdi, je me couchai bien tranquillement... Savez-vous pourquoi mon joueur d'orgue m'avait enivré ? Pour me voler ma bourse. Quand je me réveillai, il n'était plus là, et mon argent avait disparu. Je demandai à l'aubergiste ce qu'il était devenu ; il me dit qu'il était parti le soir même fort tard. Le désespoir s'empara de moi ; je ne savais que faire. Les bonnes gens chez qui j'avais passé la nuit me prêtèrent un cheval pour aller faire bien vite ma déclaration à Chambéry ; on mit les gendarmes à la poursuite de mon voleur ; on l'arrêta et on trouva sur lui la bourse qu'il m'avait volée. On lui fit son procès, qui dura un grand mois ; il fut condamné, et l'on me remit enfin ma pauvre bourse. Ah ! je jurai bien de n'être plus si confiant à l'avenir. Voilà, en deux mots, ma bonne mère, pourquoi votre gros garçon s'est fait attendre si longtemps. »

Tous les braves gens qui avaient écouté Jean le félicitèrent de son récit. Il demeura au village jusqu'au commencement de l'automne. « Mes cheminées me réclament, dit-il enfin un jour à sa mère ; il faut que je parte. Si vous voulez, j'emmènerai Louis avec moi, ce sera un *petit ramoneur* de plus.

— Pauvres enfants, répondit mère Jacques, je vous verrai donc tous partir ! » Mais elle était bonne mère, elle se résigna. Jean et Louis se mirent bientôt en route. Quand ils revinrent plus tard, ce fut pour rapporter à la chaumière l'argent qu'ils avaient gagné, à deux, en ramonant les cheminées de la grand'ville.

TABLE DES MATIÈRES.

FIN DE LA TABLE.

Argenteuil. — Imprimerie WORMS.

www.ingramcontent.com/pod-product-compliance
Ingram Content Group UK Ltd.
Pitfield, Milton Keynes, MK11 3LW, UK
UKHW012042240726
13965UKWH00003B/968

9 782013 061469